U0152767

译者仲跻昆

仲跻昆

一九三八年出生。

一九六一年毕业于北京大学东语系，一九七八年至一九八○年于开罗大学文学院进修。

北京大学外国语学院阿拉伯语言文学系教授、博士生导师，阿拉伯文学研究会名誉会长，资深翻译家，中国作协会员，阿拉伯作协名誉会员。

著有专著《阿拉伯现代文学史》《阿拉伯文学通史》《阿拉伯文学通史》《天方探幽》等。

二○○六年、二○一三年获第四、五届中国高校人文社会科学研究优秀成果奖一、二等奖。

译有《阿拉伯古代诗选》《一千零一夜》《纪伯伦散文诗选》等。

二○○五年获埃及高教部表彰奖，二○一一年获阿联酋谢赫·扎耶德图书奖之第五届年度文化人物奖（二○一○至二○一一年度）、沙特阿卜杜拉国王国际翻译奖之荣誉奖、北京大学卡布斯苏丹阿拉伯研究讲席项目学术贡献奖、中阿（拉伯）友协的中阿友谊贡献奖，二○一五年获北京大学东方学创新发展基金奖励评审委员会颁发之北京大学东方学学术研究贡献奖，二○一八年获翻译文化终身成就奖。

目　录

总　序

　　二〇一三年秋，习近平主席先后提出建设"丝绸之路经济带"和"二十一世纪海上丝绸之路"（简称"一带一路"）的倡议。"一带一路"一经提出，便在国外引起强烈反响，受到沿线绝大多数国家的热烈欢迎。如今，它已经成了我们在政治、经济和文化生活中最具活力的词汇。"一带一路"早已不是单纯的地理和经贸概念，而是沿线各国人民继往开来、求同存异、构建人类命运共同体的幸福路、光明路。正如一首题为《路的呼唤》[1]的歌中所唱的：

> ……
> 有一条路在呼唤
> 带着心穿越万水千山
> 千丝万缕一脉相传
> 注定了你我相见的今天
> 这一条路在呼唤
> 每颗心都是远洋的船
> 梦早已把船舱装满
> 爱是我们共同的家园
> ……

　　习主席关于构建人类"政治互信、经济融合、文化包容的利益共同体、命运共同体和责任共同体"的主张是人心所向，众望所归。联合国将"构

1　《路的呼唤》：中央电视台特别节目《一带一路》主题曲，梁芒作词，孟文豪谱曲，韩磊演唱。

建人类命运共同体"写入大会决议，来自一百三十多个国家的约一千五百名贵宾出席二〇一七年五月十四日在北京举行的"一带一路"国际合作高峰论坛，就是最有力的证明。

在国与国之间，政治互信、经济融合、文化包容的基础在民心，而民心相通的前提是相互了解和信任。正是出于这样的理念，我们决定编选、翻译和出版这套"'一带一路'沿线国家经典诗歌文库"，因为诗歌是"言志"和"抒情"最直接、最生动、最具活力的文学形式，诗歌最能反映大众心理、时代气息和社会风貌。"'一带一路'沿线国家经典诗歌文库"是加强沿线各国人民之间相互了解和信任的桥梁。

"'一带一路'沿线国家经典诗歌文库"的创意最初是由作家出版社前总编辑张陵和中国诗歌学会会长骆英在北京大学诗歌研究院院会提出的。他们的创意立即得到了谢冕院长和该院研究员们的一致赞同。但令人遗憾的是，在本校的研究员中只有在下一人是外语系（西班牙语）出身，因此，他们就不约而同地把这套书的主编安在了我的头上。殊不知在传统的"一带一路"沿线国家中，没有一个是讲西班牙语的。可人家说："一带一路"是开放的，当年"海上丝绸之路"到了菲律宾，大帆船贸易不就是通过马尼拉到了墨西哥吗？再说，巴西、智利、阿根廷三国的总统不是都来参加"一带一路"国际合作高峰论坛了吗？怎么能说"一带一路"和西班牙语国家没关系呢？我无言以对。

古丝绸之路是指张骞（前一六四年至前一一四年）出使西域时开辟的东起长安，经中亚、西亚诸国，西到罗马的通商之路。二〇一三年九月七日，习近平主席在哈萨克斯坦纳扎尔巴耶夫大学演讲时，提出共建"丝绸之路经济带"的主张，赋予了这条通衢古道以全新的含义，使欧亚各国的经济联系更加紧密、相互合作更加深入、发展空间更加广阔，从而造福沿途各国人民。至于古老的"海上丝绸之路"，自秦汉时期开通以来，一直是沟通东西方经济和文化交流的重要渠道，尤其是东南亚地区，自古就是"海上丝绸之路"的重要枢纽。习主席建设"二十一世纪海上丝绸之路"的构想使其在新的历史起点上，有了更加重要而又深远的意义。

"一带一路"沿线国家主要包括西亚十八国（伊朗、伊拉克、格鲁吉亚、亚美尼亚、阿塞拜疆、土耳其、叙利亚、约旦、以色列、巴勒斯坦、沙特阿拉伯、巴林、卡塔尔、也门、阿曼、阿拉伯联合酋长国、科威特、黎巴嫩），中亚六国（哈萨克斯坦、土库曼斯坦、吉尔吉斯斯坦、乌兹别克斯坦、塔吉克斯坦、阿富汗），南亚八国（尼泊尔、不丹、印度、巴基斯坦、孟加拉国、斯里兰卡、马尔代夫、阿富汗），东南亚十一国（印度尼西亚、马来西亚、菲律宾、新加坡、泰国、文莱、越南、老挝、缅甸、柬埔寨、东帝汶），中东欧十六国（阿尔巴尼亚、波斯尼亚和黑塞哥维那、保加利亚、克罗地亚、捷克、爱沙尼亚、匈牙利、拉脱维亚、立陶宛、马其顿、黑山、罗马尼亚、波兰、塞尔维亚、斯洛伐克、斯洛文尼亚）。独联体四国（俄罗斯、白俄罗斯、乌克兰、摩尔多瓦），再加上蒙古和埃及等。

从上述名单中不难看出，"一带一路"沿线国家多为文明古国，在历史上创造了形态不同、风格各异的灿烂文化，是人类文明宝库重要的组成部分。诗歌是文学的桂冠，是文学之魂。文明古国大都有其丰厚的诗歌资源，尤其是经典诗歌，凝聚着国家和民族的精神和理想。各国之间的文化交流与经贸往来，既相互交融又相互促进，可以深化区域合作，实现共同发展，使优秀文化共享成为相关国家互利共赢的有力支撑，从而为实现习主席构建人类命运共同体的伟大目标打下坚实的文化基础。

"一带一路"沿线国家多是发展中国家。长期以来，我们一直比较重视对欧美发达国家诗歌的译介，在"经济一体、文化多元"的今天，正好利用这难得的契机，将这些"被边缘化"国家的传统文化和民族精神纳入"一带一路"的建设，充分发掘它们深厚的文化底蕴，让它们的古老文明在当代世界发挥积极作用，使"文库"成为具有亲和力和感召力的文化桥梁。

"一带一路"沿线国家又多是中小国家。它们的语言多是非通用的"小语种"，我国在这方面的人才储备相对稀缺，学科建设相对薄弱；长期以来，对这些国家的文学作品缺乏系统性的译介和研究。从这个意义上说，"文库"的出版具有填补空白的性质，不仅能使我们了解这些国家的诗歌，也使相关的学科建设和学术研究有了新的生长点。

"'一带一路'沿线国家经典诗歌文库"的现实意义和深远影响已经很清楚了，但同样清楚的是其编选和翻译的难度。其难点有三：一是规模庞大，每个国家一卷，也要六十多卷，有的国家，如俄罗斯、印度，还不止一卷；二是情况不明，对其中某些国家的诗歌不是一无所知也是知之甚少，国内几乎从未译介过，如尼泊尔、文莱、斯里兰卡等国；三是语言繁多，有些只能借助英语或其他通用语言。然而困难再多，编委会也不能降低标准：一是尽可能从原文直接翻译，二是力争完整地呈现一个国家或地区整体的诗歌面貌。

总之，"文库"的规模是宏大的，任务是艰巨的，标准是严格的。如何完成？有信心吗？答案是肯定的。信心从何而来呢？我们有译者队伍和编辑力量做保证。

"'一带一路'沿线国家经典诗歌文库"的编译出版由北京大学外国语学院和中国作家出版社联袂承担，可谓珠联璧合，阵容强大。

北京大学外国语学院是国内外国语言文学界人才荟萃之地，文学翻译和研究的传统源远流长。北大外院的前身可以追溯到京师同文馆（一八六二年）和京师大学堂（一八九八年）。一九一九年北京大学废门改系，在十三个系中，外国文学系有三个，即英国文学系、法国文学系、德国文学系。一九二〇年，俄国文学系成立。一九二四年，北京大学又设东方文学系（其实只有日文专业）。新中国成立后，东语系发展迅速，教师和学生人数都有大幅度增长。一九四九年六月，南京东方语言专科学校和中央大学边政学系的教师并入东语系。到一九五二年京津高校院系调整前，东语系已有十二个招生语种、五十名教师、大约五百名在校学生，成为北大最大的系。

一九五二年院系调整时，重新组建西方语言文学系、俄罗斯语言文学系和东方语言文学系。其中西方语言文学系包括英、德、法三个语种，共有教师九十五人，分别来自北大、清华、燕大、辅仁、师大等高校（一九六〇年又增设西班牙语专业）；俄罗斯语言文学系共有教师二十二人，分别来自北大、清华、燕大等高校；东方语言文学系则将原有的西藏语、维吾尔语、西南少数民族语文调整到中央民族学院，保留蒙、朝、日、越、暹罗、印尼、缅甸、印地、阿拉伯等语言，共有教师四十二人。

北京大学外国语学院于一九九九年六月由英语系、西语系、俄语系和东语系组建而成，下设十五个系所，包括英语、俄语、法语、德语、西班牙语、葡萄牙语、日语、阿拉伯语、蒙古语、朝鲜语、越南语、泰国语、缅甸语、印尼语、菲律宾语、印地语、梵巴语、乌尔都语、波斯语、希伯来语等二十个招生语种。除招生语种外，学院还拥有近四十种用于教学和研究的语言资源，如意大利语、马来语、孟加拉语、土耳其语、豪萨语、斯瓦西里语、伊博语、阿姆哈拉语、乌克兰语、亚美尼亚语、格鲁吉亚语、阿塞拜疆语等现代语言，拉丁语、阿卡德语、阿拉米语、古冰岛语、古叙利亚语、圣经希伯来语、中古波斯语（巴列维语）、苏美尔语、赫梯语、吐火罗语、于阗语、古俄语等古代语言，藏语、蒙语、满语等少数民族及跨境语言。学院设有一个一级学科博士点、十个二级学科博士点和一个博士后流动站，为北京市唯一外国语言文学重点一级学科。学院师资力量雄厚：全院共有教师二百一十二名，其中教授六十名、副教授八十九名、助理教授十六名、讲师四十七名，拥有博士学位的教师一百六十三人，占教师总数的百分之七十七。

从以上的介绍不难看出，北京大学外国语学院的语言教学和科研涵盖了"一带一路"的大部分国家，拥有一批卓有成就的资深翻译家和崭露头角的青年才俊，能胜任"文库"的大部分翻译工作。至于一些北大没有的"小语种"国家，如某些中东欧国家，我们邀请了高兴（罗马尼亚语）、陈九瑛（保加利亚语）、林洪亮（波兰语）、冯植生（匈牙利语）、郑恩波（阿尔巴尼亚语）等多名社科院外文所和兄弟院校的专家承担了相应的翻译工作，在此谨对他们表示诚挚的敬意和衷心的感谢。

有好的翻译，还要有好的编辑。承担"'一带一路'沿线国家经典诗歌文库"编辑出版任务的作家出版社是国家级大型文学出版社，建社六十多年来出版了大量高品质的文学作品，积累了宝贵的资源和丰富的经验。尤其要指出的是，社领导对"文库"高度重视，总编辑黄宾堂、前总编辑张陵、资深编审张懿翎自始至终亲自参与了所有关于"文库"的工作会议，和北大诗歌研究院、北大外国语学院的领导一起，精心策划，全力以赴，保证了"文库"顺利面世。

最后还要说明的是，"'一带一路'沿线国家经典诗歌文库"得到了北大校领导的大力支持。"文库"第一批图书的出版恰逢北京大学建校一百二十周年（一八九八年至二〇一八年），编委会提出将这套图书作为对校庆的献礼。校领导欣然接受了编委会的建议，并在各方面给予了大力支持，校党委宣传部部长蒋朗朗同志自始至终参与了"文库"的策划和领导工作。至于北京大学外国语学院的领导更是责无旁贷地承担了全部翻译工作的设计、组织和落实。没有他们无私忘我、认真负责的担当，完成这样艰巨的任务是不可能的。

"'一带一路'沿线国家经典诗歌文库"第一批诗作即将出版，这只是第一步，更艰巨的工作还在后头；更何况随着时间的推移，"一带一路"的外延会进一步扩展，"文库"的工作量和难度也会越来越大。但无论如何，有了这样的积累，我们完全有理由相信，"'一带一路'沿线国家经典诗歌文库"会越来越好。为了实现这样的目标，我们期待着领导、业内同仁和广大读者的批评指教。

赵振江

二〇一七年秋于北京大学蓝旗营寓所

前　言

　　黎巴嫩属于阿拉伯世界，位于地中海东岸，居民信奉伊斯兰教与基督教者约各占二分之一。

　　黎巴嫩有悠久的历史与古老的文明。早在公元前三千纪末，腓尼基人就在这一地区建立了许多奴隶制城邦，他们创造的拼音字母传到希腊后，成为现代西方各国字母文字的起源。公元七世纪中叶，黎巴嫩成为阿拉伯帝国组成部分。十一世纪末，曾一度被十字军所侵占。一五一六年后，被纳入奥斯曼土耳其帝国的版图，直至第一次世界大战结束。在奥斯曼土耳其帝国的统治下，人民深受苏丹、总督和本地封建主的三重剥削和压迫。土耳其统治者还实行恶毒的愚民政策，把土耳其语作为正规语言，强制推行，企图人为地消灭阿拉伯语。阿拉伯文化长期停滞，阿拉伯文学日趋衰落。与此同时，西方资本主义国家势力日渐深入这一地区，并极力扩大其影响。他们利用当地很多居民是基督教徒这一特点，积极进行文化渗透。西方随着传教活动，不仅在黎巴嫩创办大量的教会学校，而且引进了印刷机，办起了印刷厂。印刷的引进，为报刊的创建创造了条件。人们通过报刊发表各种政论、杂文、诗歌、小说，翻译，引进西方的文学作品。在客观上，自觉或不自觉地将西方近现代的文明、文化和价值观念带了进来，促使先进的知识分子对本民族、本地区长期落后、停滞的现象进行反思，表示不满，从而决心进行社会改良，争取民族独立、平等、自由、民主；促使民族意识的觉醒。自十九世纪，特别是自十九世纪下半叶，复兴运动的先驱者们登上了文坛，并日益发挥他们启蒙者的作用。

　　值得注意的是，十九世纪末二十世纪初，由于不堪忍受奥斯曼土耳其政府的专制统治和残酷迫害，许多诗人、作家离开黎巴嫩出走，其中一部分去美洲，形成阿拉伯近现代文学史上著名的"旅美派"，另一部分定居于埃及，在埃及近现代文坛上发挥了巨大的作用。

1

第一次世界大战后，在一九二〇年的圣雷莫会议上，把刚摆脱土耳其统治的黎巴嫩又划归为法国的委任统治地。第二次世界大战期间，由于阿拉伯人民要求独立的呼声日益高涨，法国被迫于一九四一年十一月正式宣布黎巴嫩独立，但直至一九四六年，英、法占领军才最后撤出，黎巴嫩才获得完全独立。

第二次世界大战后，由于这一国家所处的重要战略地位，由于宗教派别的纷争，由于阿拉伯、以色列长期的争端，更由于超级大国的插手及各种政治、宗教势力的反复较量，黎巴嫩局势长期动荡不稳，内战不休。

总体上来看，黎巴嫩由于历史、地理、宗教等多方面的原因，在阿拉伯近现代的文化复兴和启蒙运动中走在了前列。与其他阿拉伯国家相比，这一国家人民的文化素质较高，更容易接受世界各国的新思想、新派别，而较少保守性。特别是从黎巴嫩派生出的旅美派文学，更融东西方文化于一体，在阿拉伯现代文学史上写下了光辉的一页。

《黎巴嫩诗选》选译了二十余位诗人近一百首诗。其中纳绥夫·雅齐吉、易卜拉欣·雅齐吉父子与纳吉布·哈达德可谓阿拉伯复兴运动的先驱，是黎巴嫩诗坛"复兴派"的代表。这些先驱者的特点是：他们大多受西方文化的影响，从西方引进新的思想和价值观念；同时，他们又努力发扬光大本民族的文化传统，让诗歌从僵滞、因袭的桎梏下解放出来，成为现实斗争的武器。他们努力促进民族意识的觉醒，倡导民主、自由、平等，反对西方列强的侵略、土耳其的封建专制统治和对人民的奴役，号召人民起来战斗。因此，他们往往以传统诗歌的形式，表现新的思想内容和时代精神。

穆特朗在黎巴嫩现代文学史上是最重要的一位诗人。他的重要性在于他在时间上跨两个世纪——十九世纪与二十世纪，两个时代——近代与现代；在空间上他是"两国诗人"——黎巴嫩诗人与埃及诗人；从艺术形式方面讲，他既是新古典——复兴派诗人的一员，又是创新的浪漫主义派的先驱。其诗富于想象，感情强烈、深沉。他在艺术上反对单纯拟古，敢于冲破旧体诗的束缚，认为诗歌应该体现时代的思想和感情，在继承的基础上有所创新。埃及学者塔哈·侯赛因在评论他时曾说："穆特朗同创新派站在一起，要对旧诗革新。他走过古人的路，但并不欣赏，于是他撇开了诗，随后，又不得不重回诗坛，但他重回诗坛却是设法创新而不是仿古。"

穆特朗的大半生都是在埃及度过的，而在黎巴嫩本土，与穆特朗相似，跨近、现代两个时代，在十九、二十两个世纪，在守旧的古典派与创新的浪漫主义派之间铺路搭桥的却是诗人小艾赫泰勒。他原名白沙赖·胡里，以古代伍麦叶朝名诗人艾赫泰勒自况，且以"小艾赫泰勒"为笔名蜚声诗坛，有"爱情与青春诗人"之称。他于一九六一年在贝鲁特继埃及的邵基之后，被推举为阿拉伯的"诗王"。有人指责他不关心政治，脱离社会、群众，其实，这一指责并不完全公正。在很多诗篇中，他还是明确地表现出自己的爱国热忱与民族感情。其诗既继承了古诗的传统，又勇于创新，想象神奇，充满激情，追求意境美、意韵美，富有音乐感，多为歌唱家争相传唱。

浪漫派的代表诗人是艾布·舍伯凯。人生道路的艰难坎坷，使他深知世态炎凉、人世的酸甜苦辣；加之他深受法国缪塞、拉马丁、维尼等浪漫派、象征派诗人的影响，很自然地成为黎巴嫩浪漫派核心骨干。他强烈反对因循守旧，认为诗歌贵在创新。他反对雕词琢句，认为诗歌是自然感情的流露，说："真正的诗人无法推敲词句，因为他那汹涌如潮的感情使他不会去做这种游戏。我觉得诗歌降临时就是穿着完美的衣服的，这种诗是感情不可分割的一部分。"他在诗中抒发强烈的个人感情，表现主观自我意识；他抒写真挚、强烈的爱，也刻意表达内心的痛苦。

在二十世纪二十年代，黎巴嫩诗歌普遍受法国诗歌的影响。除形成以艾布·舍伯凯为代表的浪漫派以外，还有象征派，其代表诗人是赛义德·阿格勒。他被认为是黎巴嫩象征派诗歌泰斗。他认为诗歌不应喋喋不休地重复陈词滥调，亦不必华词雕琢，而应重视思想内涵，超凡脱俗。其诗追求交感效果，在意义上多用隐喻和联想，暗示多于解释，意境新奇；又强调诗句的音乐性，诗句间具有内在的节奏与旋律。

兴起于二十世纪四十年代末五十年代初的自由体诗派，是在浪漫派和古典"彩锦体"的基础上，嬗变出的更新的流派。他们主张写形式、内容都不受限制的自由体诗。这种诗歌诗行长短不一，韵律宽松，节奏富于变化，内容也往往自由、奔放，内涵丰富而深邃，具有强烈的个性，但有的诗显得朦胧、晦涩、费解。这一流派虽发轫于伊拉克，但在黎巴嫩却不乏属于该派的诗人。阿多尼斯与尤素福·哈勒更是这一流派杰出的创新先锋诗人。他们都生于叙利亚，却成名于黎巴嫩，因而亦有人将他们列为叙利亚诗人。两位诗人于一九五七年共同创办的《诗歌》杂志曾在阿拉伯诗歌现代化新潮中起过很大作用，是阿拉伯先锋诗人的讲坛。他们对祖国、对民族、对人类有强烈的忧患意识，勇于为理想的新时代而斗争。他们的诗常具有象征、朦胧、神秘的色彩,富有深邃的哲理内涵。尤素福·哈勒于一九八七年逝世,阿多尼斯则至今仍是诺贝尔文学奖的热门候选人,曾多次访华。

梅·齐娅黛与胡妲·米尕特是相隔两代驰誉于阿拉伯诗坛的女将。梅·齐娅黛曾以创办"周二文学沙龙"而名噪阿拉伯文坛,她与阿拉伯海内外文坛名士都有广泛交往,特别是与纪伯伦之间有不同寻常的友谊,被认为是阿拉伯的女才子。胡妲·米尕特是诗坛新秀,以擅长写情诗著称。

不难看出,《黎巴嫩诗选》将多半的篇幅给了旅美派诗人。

如前所述,十九世纪末二十世纪初,大批黎巴嫩、叙利亚人因不堪忍受奥斯曼土耳其帝国的政治压迫与宗教迫害,抱着寻求自由、发财致富的梦想,纷纷拥向美洲大陆侨居,并很快在那里创办报刊,出版诗集、文集,成立文学社团,形成一个在阿拉伯近现代文学史上颇具影响的流派——旅美派。由于黎巴嫩、叙利亚在历史上同属叙利亚地区,故而旅美派文学又称叙美派文学。一九二〇年,北美的阿拉伯旅美文人在纽约成立了"笔会",公推纪伯伦为会长,努埃曼任秘书长(亦称顾问)。主要成员还有艾布·马迪、纳西布·阿里达、迈斯欧德·赛马哈、尼阿迈拉·哈志等。据最新资料显示,艾敏·雷哈尼亦是"笔会"最早的成员。一九三三年,在巴西的圣保罗城又成立了"安达卢西亚社",这是旅美派在南美的文学团体。著名诗人赖希德·赛里姆·胡利(又称"乡村诗人")和舍费格·马鲁夫相继任过该社社长。这一团体其他重要成员还有诗人法齐·马鲁夫、伊勒亚斯·法尔哈特等。旅美派文学融合了东西方文化并加以创新,是阿拉伯现代文学史上影响最大的流派之一。他们在诗歌中歌唱自由,追求个性解放,并抒发了爱国、思乡之情;在艺术形式上不愿蹈常袭故,而勇于创新。

应当提及的是,纪伯伦是我国广大读者最喜爱的阿拉伯作家、诗人,我当然也是他的"粉丝",故而翻译了他的许多作品。读者也许不难发现,《黎巴嫩诗选》中除选译了他的一些属于传统公认体裁的诗歌之外,还选译了不少所谓"散文诗"。我觉得这些散文诗太像诗了,只是不分行罢了。其实,中外不少诗选都把他的散文诗作为诗选入,我也随之仿效,因为我实在舍不得弃而不选。

在古代,海、陆的"丝绸之路"(海上的"丝绸之路"又称"香料之路")将中国与"天方"(古代的阿拉伯世界)连接起来。当今我国倡导的

"一带一路"，实际上就是现代版的"丝绸之路"，它在世界政治、经济方面的重大意义与影响，已为举世有识之士所公认。黎巴嫩自古至今都是这条丝路的必经之地。其实，除了丝路，我们还应创建一条"诗路"，把我们同各国、各民族的诗坛连接起来。这项光荣的任务自然就落在我们这些从事外国语言、文学事业者的肩上。我既然是这些人中的一员，虽年近老朽、志大才疏，但仍感责无旁贷、义不容辞，故不揣冒昧，选译了这部诗集。

我自一九五六年考入北大，一九六一年毕业留校任教，作为北大人，至今也有六十多年的校龄了。二〇一八年是北大建校一百二十周年，值此，这部拙译也算是我献与母校的一份薄礼吧。

当然，谬误之处在所难免，望读者慧眼阅后，不吝指教。谢谢！

仲跻昆

二〇一七年七月十三日于龙口

纳绥夫·雅齐吉

（一八〇〇年至一八七一年）

　　阿拉伯复兴运动的先驱者。出身名门望族，曾追随黎巴嫩具有强烈民族主义思想的埃米尔巴希尔二世，任其文书。他极力想使古老的阿拉伯文学传统诗文重放光彩。他喜爱穆太奈比古朴、豪放的诗风，并努力模仿，被人称为"穆太奈比的缩影"。他博学多才，阿拉伯语言、文学造诣博大精深。遗有诗集三卷与玛卡梅集《两海集》。其诗文让人们重新品味到阿拉伯语言、文学的丰富多彩、魅力十足，提高了阿拉伯人民对自己的语言、文学的自信。他的缺点是过于守旧、复古，缺乏创新意识和时代精神。

我为诗的屈辱、卑贱感到悲戚 [1]

我为诗的屈辱、卑贱感到悲戚，
    甚至为它服丧，认为它已死去。

我也曾想将它抛弃，
    只是心中热爱，身不由己。

与它相识，我才认识了自己，
    它好像是我的孪生兄弟。

这个时代诗的知音何其少，
    以至于它虽贱卖却仍滞销。

若说它的缺陷增多起来，
    批评家少，则可为之遮盖。

1　在奥斯曼土耳其帝国的统治下，诗人看到阿拉伯诗歌日趋没落，故写下
此诗。

钱财过剩会胡花乱用

喂，拼命攒钱的人！
　　　你攒了多久它们也终会分散。

我看你是愚蠢地想横渡海洋，
　　　却差点儿淹死在河沟里面。

你即使能得到全球的钱财，
　　　活到头，一死你岂能幸免？

你难道一天能吃一千只羊？
　　　难道穿衣要穿一千零一件？

钱财过剩会胡花乱用，
　　　如同杯子已满，却仍将水倒在上面。

易卜拉欣·雅齐吉
（一八四七年至一九〇六年）

　　生于贝鲁特，为阿拉伯复兴运动的先驱之一。其父是著名学者纳绥夫·雅齐吉，自幼受其父的教诲，有较深厚的语言、文学根底。他通晓希伯来语与古叙利亚语，曾参与《圣经》的阿拉伯文翻译、修订，曾在贝鲁特教会学校任教。一八九四年赴埃及，先后创办《宣言》与《光明》杂志。他博闻强记，能诗擅文，是当时著名的诗人、语言学者。遗有诗集与文集。他力主阿拉伯民族复兴，摆脱奥斯曼土耳其的统治。

要战胜他们惟有造反！

蜷伏在屈辱的地毯上，

　　还会有什么幸福可言？

权利和鲜血被出卖了，

　　卖得那样卑微低贱。

土耳其人是这样一群家伙：

　　要战胜他们惟有造反！

醒来，阿拉伯人！

让我听宝剑铮铮，在战尘中闪烁，
　　听到它铿锵奏鸣，我会感到快乐。

你们已经没有什么可吝惜的了，
　　除了那些灵魂——在屈辱中苟活。

拼死斗争！死也死得痛快，
　　强似半死不活，受尽折磨！

纳吉布·哈达德

（一八六七年至一八九九年）

　　著名诗人、报人。生于贝鲁特，其父苏莱曼·哈达德是一位戏剧家。一八七三年随家人迁居埃及亚历山大，在那里受到启蒙教育。一八八二年埃及爆发奥拉比起义，诗人随家人返回贝鲁特。他除在天主教会学校受教育外，还师随舅舅易卜拉欣·雅齐吉学习阿拉伯语言、文学，打下深厚功底，一八八三年在巴勒贝克学校教授阿拉伯语与法语。一八八四年去埃及，任《金字塔报》编辑。一八九四年与他人一道创建《阿拉伯喉舌》日报。除诗歌外，还写有小说多部，并译有《罗密欧与朱丽叶》《三剑客》等剧本、小说。

已经到了我以血拼搏的时刻

已经到了我以血拼搏的时刻,
　　　谁不流血斗争也难安全过活。

啊,我热爱的阿拉伯半岛啊!
　　　有多少只手在向你把利箭射。

土耳其人将你玩弄于掌股间,
　　　在你的每个地区都流下一条血河……

穆特朗
（一八七二年至一九四九年）

　　生于黎巴嫩的巴勒贝克城，早年在贝鲁特天主教会学校求学。学生时代即开始写诗，并参加政治活动，反抗土耳其的专制统治，曾遭迫害。一八九〇年去巴黎，后移居埃及，先后创办过《埃及杂志》半月刊和《埃及新闻》日报。他一度弃文经商，一九一二年以创新的姿态重振诗坛。一九三五年出任埃及国家剧院院长。其第一部诗集出版于一九〇八年，一九四九年出版了诗集四卷。他在埃及与邵基、哈菲兹·易卜拉欣并称"三杰"，并被誉为"两国诗人"。其诗富于想象，感情强烈、深沉，善于描绘细节。他在艺术上反对单纯拟古，敢于冲破旧体诗的束缚，认为诗歌应该体现时代的思想和感情，在继承的基础上有所创新。

阿拉伯民族——我们的母亲

啊，阿拉伯民族——我们的母亲，
　　当年光荣就是你，你就是光荣；

如今，我呼唤你进入新时代，
　　你何不在这世界上重振雄风？

光阴可以消失，沧桑可以变更，
　　可我们对你的爱却永远在心中。

不靠锋利的宝剑，而靠真知灼见，
　　我们要同岁月论争我们的功名。

我们品德的基础是忠诚，
　　它是人们幸福最好的保证。

啊，阿拉伯民族，我们荣辱与共，
　　我们愿为你献出肉体和生命。

我们将用知识弘扬我们的荣誉，
　　我们将让你的美名在四海传诵……

赛勒玛，咱们别吵，别闹！

赛勒玛，咱们别闹别扭了！
　　是你教会了我失眠与烦恼；

是你在我胸中把情火点燃，
　　我一躺下就以为床在燃烧。

难道能怪罪一颗心吗？它看到
　　你秋波织成的情网却无法脱逃，

我是死人该多好！两眼不瞧你，
　　心也不用按照爱情的意愿而跳。

爱情若是软弱

爱情若是软弱，远离会使它灭绝，
　　爱若坚定，远离则让它变得确切；

如同火苗若小，刮风会将它熄灭，
　　但大部分火，风都使它燃烧炽烈。

题赠塔哈·侯赛因[1]的《鹬鸟声声》[2]

你使这鹬鸟声声，
　　在世上永远传诵。

这叫声萦回心际，
　　引起人们的共鸣。

它述说着荒漠中的悲剧，
　　听来令人悲愤伤痛。

夜茫茫旷野万籁俱寂，
　　静悄悄只有行旅动静。

深沉的黑夜紧闭双眼，
　　不忍睹行将爆发的罪行。

惊恐的小鸟声声悲叫，
　　预告着一出悲剧即将发生。

那叫声似一支支带火的箭，
　　穿人心肺，叫人心疼。

1　塔哈·侯赛因：埃及著名作家，自幼双目失明，著有《日子》《鹬鸟声声》等。有"阿拉伯文学之柱""征服黑暗的人"之称。
2　《鹬鸟声声》：为阿拉伯作协所评"二十世纪最佳中长篇小说"之一。小说描述了在愚昧、落后的封建传统礼教统治下，在各种邪恶势力的压迫下，埃及农村妇女的悲惨遭遇。做佣人的姐姐胡娜迪与年轻的主人相爱失贞后，被舅舅残杀于沙漠；妹妹阿米娜本想为姐姐复仇却坠于爱河，挣扎于情与仇的困扰中，难以解脱。

13

无辜少女的灾祸催我泪下，
　　她惨遭杀害，正值妙龄。

杀害她的凶手自以为
　　这是在维护门风、贞节、德行！

而我却对这种惨状
　　满怀悲伤，愤懑不平。

人非草木，岂能无情！
　　姻缘错综，实难料定。

人心既然相似，
　　就该相通感情！

可叹这悲剧不止一桩，
　　多少同样的事件在埃及农村滋生！

这故事是那样娓娓动听，
　　语言又如露珠般晶莹。

写来自然流畅清如水，
　　读来胜似美酒沁人心。

阿拉伯语啊，你真荣幸！
　　你把自己的一切奥秘都交给了塔哈先生。

他从你的花园里
　　采集朵朵鲜花，芬芳温馨；

他从你的海洋里

　　捞起颗颗珍珠，剔透晶莹；

他从你的金矿里

　　淘出粒粒金沙，把词句铸成。

这部著作奇迹般从天而降，

　　给人教诲，引人入胜。

不愧是当代文苑的一朵奇葩，

　　多么娇艳，多么新颖！

散文的形式，诗的意境，

　　诗歌也要嫉妒散文的才能。

小艾赫泰勒

（一八八五年至一九六八年）

　　原名白沙赖·胡里，生于贝鲁特。曾在希克玛学堂与基督教兄弟学堂学习。一九〇八年创办《闪电》日报，后改为周刊。他使它成为维护阿拉伯民族事业的论坛，在文艺上，兼容并蓄，刊登各种流派诗人、作家、文艺批评家的作品。第一次世界大战期间，诗人曾一度避难于乡间，复出后即以古代伍麦叶朝名诗人艾赫泰勒自况，以"小艾赫泰勒"为笔名而蜚声诗坛，有"爱情与青春诗人"之称。一九二五年被选为黎巴嫩新闻工作者协会主席，一九三二年当选为大马士革阿拉伯学会委员，一九六一年于贝鲁特继埃及的邵基之后，被推举为阿拉伯的"诗王"。作品有诗集《爱情与青春》（一九五三年）、《小艾赫泰勒诗集》（一九六一年）等，另有回忆录《记忆留存》。

我怎能忘记!

我怎能忘记你——昔日的幻影,
　　童年的往事,我心中的梦;
我怎能忘记那些幸福、欢乐的日子,
　　我怎能忘记!

啊,难道你不记得那些年代,
　　天啊,你怎么会想不起来!
多么虔诚、圣洁——我们共呼吸,
　　我怎能忘记!

你难道不记得那条小溪,
　　还有周围的鲜花和绿枝,
燕子同溪水低声细语?
　　我怎能忘记!

我怎能忘记我们稍大些时,
　　常提起那些美好的往事,
我们懂得了世上有幸福,亦有悲剧。
　　我怎能忘记!

我永不会忘记分别的那天,
　　伤口流血,化成泪水涟涟。
她会忘记自己的哭泣与话语,
　　我怎能忘记!

也许人在愁绪满腹时才会喝酒

拿走酒杯的人，不要吝惜你的酒！
　　懒洋洋的琴手，不要蒙眬睡不醒！

让我们把这老酒喝他个一醉方休！
　　让音乐的曲调麻醉火辣辣的神经！

也许人在愁绪满腹时才会喝酒，
　　也许青春太痛苦才会把歌儿哼。

真理知道该如何挣脱自身的锁链

我们要么如行尸走肉，苟延残喘；
    要么为被奴役的祖国把生命奉献。

告诉那些锁住人们手脚的人：且慢！
    真理知道该如何挣脱自身的锁链。

富人与穷人

富人啊！你们的财富
　　筑起它臂膀的是穷人。

你们居住的宫殿
　　建起它们的是穷人。

你们吃的珍馐佳肴
　　制作它们的是穷人。

你们花园里的香花芳草
　　栽种它们的是穷人。

你们吸吮的乳汁
　　正是来自大多数的穷人。

主啊，请创造出高尚的人！

主啊，请创造出高尚的人，
    没有傲慢，没有仇恨；

不要让金钱、伪善有立足之地，
    让爱成为世上永恒的神！

废除一切特权，
    让大家成为平等的人。

爱情的吻

多么甜蜜啊，
那爱情的吻！
你若是不记得了，
就问问你的嘴唇。
触及你的唇，你的胸，你的腕，
我似乎已不复存在。
若有一柄剑把我们劈开，
我们都不会知道
它是否会将你我的血留下来。

若是有人对爱情予以责难

若是有人对爱情予以责难，

  你就说："是美让如此这般！"

如果我们相恋坠入了爱河，

  那可辩的理由是脸太招眼。

爱情如同一座花园

啊，星辰！爱情如同一座花园，
　　而我则好像是一只鸽子在那飞，

我让花儿舒适，使它吐露芳菲，
　　我对枝叶咕咕叫，好让它沉睡。

艾布·舍伯凯

（一九〇三年至一九四七年）

　　黎巴嫩浪漫主义代表诗人。生于美国，后随父母
还乡。幼年家境富裕，但一九一二年，其父在异乡遭
人暗杀，家道中落。诗人聪慧好学，虽未受过高等教
育，但精通阿拉伯语，对阿拉伯古典文学和外国文学
（特别是法国文学）颇有研究。曾做过教师，参加过
《自由人之声》《坦荡》《大众》等报刊和黎巴嫩广播
电台的编辑工作。他深受法国浪漫派、象征派诗人的
影响，很自然地成为二十世纪二十年代末黎巴嫩浪漫
派组织"十人社"的核心骨干。他强烈反对因循守旧，
认为诗歌贵在创新。他崇尚自然，认为自然是生活之
母，诗人应是创造出生活的自然之子。他反对雕词琢
句，认为诗歌是自然感情的流露。其主要作品有诗集
《六弦琴》《乐园里的蛇》《曲》《心的呼唤》《永远》，
叙事长诗《沉默的病人》《艾勒娃》等。

刺伤心，让你的诗饮个够！

刺伤心，让你的诗饮个够！
  心中的血就是笔的美酒。

心是诚挚感情的源泉，
  灵感降临的地方正是在心头。

如果你没有受过苦难，
  笔尖未在痛苦中浸透，

那你的诗纵然令人眼花缭乱，
  也如同埋在大理石墓中的骨头。

也许伤口已变成诗的泉源，
  干渴的心灵在那里举首。

也许嗟叹一旦被心灵崇敬，
  会变成一种最神圣的乐曲。

也许痛苦在理想的香炉中
  会散发出永恒的芬芳馥郁。

不　公

穷人、弱者过着屈辱的生活，

　　富人却可恣意妄为，大权在握。

有多少无辜的人不幸，

　　成了瞎眼的王法、教规的牺牲者；

又有多少罪犯行凶作恶，

　　照你们的法律却是好人一个……

我有一个遗愿

我有一个遗愿，请你牢记：
　　就是我死后，请将我忘记。

一旦记忆不由得将你震荡，
　　友谊让你又将我想起，

那就在暗中拿起我灵感的六弦琴，
　　在静寂的阴影中走向我的墓地，

请在琴上轻轻地一弹，
　　它会让你听到我的呻吟、我的叹息。

赛义德·阿格勒
（一九一二年至二〇一四年）

　　黎巴嫩象征主义代表诗人。生于扎赫勒，曾先后在贝鲁特、巴黎求学，知识渊博，通晓数种外语，能用阿拉伯语和法语写诗。曾在巴黎大学和数所学院教授阿拉伯文学，亦曾从事过报刊编辑工作。一九六二年创设赛义德·阿格勒奖。一九六七年创建世界良书出版社。他认为诗歌不应喋喋不休地重复陈词滥调，亦不必华词雕琢，而应重视思想内涵，超凡脱俗。其诗追求交感效果，在意义上多用隐喻和联想，暗示多于解释，含蓄多于畅尽的发挥；又强调诗句的音乐性，诗句间具有内在的节奏与旋律，令人读起来意境新奇，如梦如幻，扑朔迷离。他擅长写情诗，亦写叙事长诗、诗剧、小说、散文。主要作品有诗集《兰德里》《比你还美？不！》《素馨花环》，叙事长诗《玛吉黛丽娅》，诗剧《耶弗他的女儿》《卡德摩斯》等。

我爱你

我爱你，不惜卑躬屈膝，
　　我活着，靠着温顺的希冀。

我知道，我不会吐露我的爱情，
　　我要让它保留恭顺的痕迹。

你的美像幻影，有些忧郁，
　　在屹立的海岸徘徊不去。

山坡的风避开它，
　　只是偷眼向它瞧去。

不知那是一种强颜苦笑，
　　还是一首失落的歌曲。

啊，这弥漫如梦的氛围，
　　莫用吐露骚扰这静寂。

梅·齐娅黛

（一八八六年至一九四一年）

又称玛丽·宾特·伊勒亚斯·齐娅黛。生于巴勒斯坦拿撒勒，当时原籍为黎巴嫩的父亲于当地一学院授课。诗人十四岁时随家迁往黎巴嫩，入阿因图拉修女学校学习。后随父移居埃及开罗，潜心研读阿拉伯与欧洲各国文化、文学作品，通晓法、英、西、德、意、拉丁、希腊等语言。常在报刊上用阿拉伯文和英、法文发表诗文，题材广泛，体裁多样。作品有法文诗集《梦之花》，散文集《少女的机遇》《话语与指示》《高潮与低潮》《暗与光》《笑与泪》等。作品思想内涵深刻，文字典雅。她举办文艺沙龙，与埃及以及阿拉伯海内外文坛名士都有广泛交往，特别是与纪伯伦之间有不同寻常的友谊。她被认为是阿拉伯的女才子。

希　望

我来到柳荫下乘凉，

傍晚，在汩汩的泉水旁，

垂下的柳枝轻抚我的肩膀，

泉水潺潺，把希望之歌咏唱。

希望！是一个词，心中不断地念叨，

希望！是一朵花，印在孩子们的额上，

希望！是神圣的爱情之歌，是迷人的紫罗兰的馨香，

希望！是我们向往的理想。

啊，希望！你就是生活，你就是自然，

你就是灵丹妙药，包治我们的一切忧伤，

你是今天的梦，是明天的歌。

啊，希望！是你揭示了造物主的伟大，

让我们对祂心驰神往！

尤素福·哈勒

（一九一七年至一九八七年）

　　黎巴嫩著名诗人、文学批评家、新闻工作者。生于叙利亚，黎巴嫩国籍，哲学学士。曾于贝鲁特创办图书出版社，并任《妇女之声》杂志主编。一九四八年赴美，于联合国秘书处新闻出版部工作，一九五五年归国。一九五七年创办《诗歌》季刊，一九六四年一度停刊，一九六七年年初复刊。《诗歌》杂志曾在阿拉伯诗歌现代化新潮中起过很大作用，是阿多尼斯等先锋诗人的讲坛。一九六七年创办白昼出版社，任主编。著有诗集《我的赛勒玛》（一九三六年）、《自由》（一九四四年）、《废井》（一九五八年）、《四十年的诗》（一九六〇年），诗剧《西罗迪亚》（一九五四年），逝世前遗有散文集《岁月札记》。

致玫瑰

我带给你清晨的露水
　　和春天对展现的渴望。

我倾心于你象征光明，
　　倾心于宽容永存世上。

你让我有过多少希望，
　　可又让我受过多少伤。

多少次推开销毁之手，
　　我采集你的种子珍藏。

我爱你胜过爱我自己，
　　生怕你的圣洁受损伤。

你是玫瑰，我却不是，
　　你不愧是国色天香。

你从不会去俯就春天，
　　而春色却以你为征象。

你那样令人赏心悦目，
　　什么美敢与你相较量。

你发出馨香妙不可言，

风把它传向四面八方。

于是夜晚沉浸于馥郁，

清晨则处处都是芬芳。

致诗人

离我远点吧，诗人们！

不要哀悼一个被死亡征服了的人。

哀悼有什么用？

哀悼的应是贫苦的贱民，而我们却是巨人。

哀悼的应是人，而我们却是神。

诗人们，离我远点吧！

把你们的头颈垂下！

面对俯卧在身的死神阁下

你们要一言不发！

阿多尼斯

（一九三〇年至今）

　　原名阿里·艾哈迈德·伊斯比尔，原籍叙利亚，毕业于叙利亚大学，后移居黎巴嫩，一九五六年取得黎巴嫩国籍。二十世纪五十年代初，他就在诗坛崭露头角。一九五七年创办《诗歌》杂志，一九六六年创办并主编综合性文学刊物《立场》。其诗脱胎于传统的格律诗，但自二十世纪五十年代末却改为写自由体诗，成为黎巴嫩当代诗坛先锋派的代表。他对祖国、对民族、对人类有强烈的忧患意识。他勇于为理想的新时代而斗争，面对政治风云变幻而毫不畏惧。其诗以象征、朦胧并带有一抹苏菲派的神秘色彩为特点，往往让人们掩卷深思其深邃的哲理内涵。他既是诗人，也是思想家，在整个阿拉伯世界享有极高声誉。他曾获布鲁塞尔文学奖、马其顿金冠诗歌奖、让·马里奥外国文学奖、卡佛文学奖等国际大奖。自二〇〇五年起，他更是多次获得诺贝尔文学奖提名。他曾三次来华访问，并于二〇〇九年获我国中坤国际诗歌奖。

我崇拜火

先生，我知道断头台
在等待着我，
但我是诗人，我喜欢髑髅地[1]，
我崇拜火……

---

1 髑髅地：耶稣殉难的地方。

誓同西绪福斯[1] 永在一起

我发誓偏要在水上写字，
我誓同西绪福斯一起
去推他的那块巨石，
我誓同西绪福斯永远在一起。
热病、烈火可以对我随心所欲。
我要在那些瞎眼窝里
寻找最后的一支笔，
为爱情，为秋天
去写尘埃之诗……

1　西绪福斯：希腊神话中的人物，传说死后在地狱受罚，把一巨石推上山，
每到山顶，巨石就又坠下来，周而复始，永无休止。

我们之间不再有隔阂

所有那些语言 – 碎片
都是未来城市的酵母菌。
改变名词、虚词的结构，说：
我们之间不再有隔阂，
我们之间不再有阻隔！
用意愿的章节经文
和封闭的天园去注释，
而让你们自己开心！

无　辜

心灵啊！我若是让你投降，你定会驯服难题，
你定会称王。
不错，我是软弱，可我是在探析
我的时代的欲念，揭示它的隐秘。
我与之争论的是我对它的失望，对它的怀疑。
我与之相赌的是我力所不能及，
是与之相赌这事根本不可以。
不错，我诠释，有过分的猜疑，善恶，凶吉，
可是我们若是不沾上这地方的泥土，
我们又怎么会知道这地方的奥秘？

诗之最

你的最美之处在于：你让那境界震荡，
而别人——有的以为你是呼吁、呐喊，
有的以为你是回音、反响。

你的最美之处在于你是权威——
界定光明与黑暗，
一锤定音，由你判断，
而别人——有的认为你是胡扯，
有的认为你是创见。

你的最美之处在于你是一个界标、目的——
区分开
沉默与话语。

你的两眼与我之间

当我的眼睛沉入你的双眼中，
我瞥见深邃的黎明，
我看见古老的往昔，
我在看我不知道的前景，
我感觉世界在你的两眼
与我之间流动。

胡妲·米尕特
（一九五四年至今）

黎巴嫩诗人。生于贝鲁特，毕业于贝鲁特圣约瑟大学文学与人文科学学院阿拉伯文学专业。从事新闻记者工作，为黎巴嫩作家协会会员。自二十世纪八十年代初开始活跃于诗坛，参加国内外有关的研讨会、文学沙龙。其诗曾在沙特、埃及、摩洛哥等国获奖。出版诗集有《祈求主者的斗篷》（一九八五年）、《尼罗的麦穗》（一九八九年）、《只有我的爱人》（一九九九年）等。

爱 情

如果心在将爱述说，你要沉默；
　　在恋爱方面你千万千万要咨啬。

有爱一字都别说，要藏在心间，
　　否则情人听来就可能显得卑贱。

情人如果已似日落西山般无情，
　　话即使如朝阳讲得再多也无用。

在爱情方面，你要像清晨一样，
　　它无须他人指引总会看到朝阳。

如果离别将你与所爱远远隔开，
　　就创造一种爱藏在心中做替代；

如果情场上骤然间刮起了暴风，
　　那就只有以死相爱为爱做证明。

啊，坠入爱河的男女！为什么
　　我的忠告，怎么看都人微言轻？！

爱如闪电埋在心，你若春心萌动，
　　云中电闪如信使，传情者则靠眼睛。

爱好似一场由情欲卷着你的暴风，
　　却将你轻轻地抛落在花的海洋中。

爱情就是情人目光似犀利的剑锋，
　　他的一瞥刺中你，其中几多柔情。

而且当恋情伴随着心悸鼓声咚咚，
　　情人的嘴唇如何羞怯地接近、合拢。

而且当种种分别将一个情人玩弄，
　　他又是如何没有倒下而依然坚挺。

主啊！情人若如饥似渴希望一吻，
　　就满足他吧！无论傍晚还是清晨。

他若远离就让我的白昼成一点钟，
　　而让一年四季都成为会见的约定。

让他成为我的声音，以便于交谈，
　　让他成为我的睡梦，以便于相伴。

有句话让我多么苦苦地对它期待，
　　如今我仍盼望它一字字吐露出来。

对热恋的人快告诉她说："我爱你！"
　　那一个个字在我听来都甜美如蜜。

一旦一些陈规陋习成为爱情阻碍，
　　那让相爱的人又是多么苦恼、伤怀。

纪伯伦

（一八八三年至一九三一年）

出生于黎巴嫩贝什里。童年曾在贝鲁特的希克玛学堂学习，十二岁时，随母亲前往美国，十五岁时只身返回黎巴嫩，继续学习阿拉伯语言、文学。一九〇三年他重返波士顿。一九〇八年前往法国巴黎学习绘画。其间，他受尼采的哲学思想和威廉·布莱克的文艺思想影响尤深。一九一〇年年底返回波士顿，一九一二年定居纽约，潜心于诗文与绘画的创作，一九二〇年出任"笔会"会长，遂成为阿拉伯旅美派文学的领袖。他熔东西方文化于一炉，作品具有浓郁的浪漫主义、象征主义色彩。文字优美、典雅、绚丽、流畅、洒脱，常融诗情与哲理于一体，寓意深刻、隽永。他精通阿拉伯语和英语，能用两种文字进行创作。阿拉伯文主要作品有短篇小说集《草原的新娘》《叛逆的灵魂》，中篇小说《折断的翅膀》，散文诗集《泪与笑》《暴风》《奇谈录》《心声录》，长诗《行列歌》等；英文主要作品有散文诗集《狂人》《先驱》《先知》《沙与沫》《人子耶稣》《大地的神祇》《彷徨者》《先知园》等。

夜之歌

夜寂静，在寂静的外衣下面，
　　是美梦在隐蔽。

月亮在奔走，那月亮亦有眼，
　　在观察着日子。

来呀，田家女！让我们一道去
　　情人的葡萄园！

也许我们可以用那汁液浇熄
　　这相思的烈焰。

人间的爱情

人间的爱情
　　　形形色色，各种各样，
多半不像花果，
　　　而与田间的草相像。

爱情一旦被肉体
　　　引到乐趣的床上，
那就意味着
　　　那爱情正在消亡。

小溪说什么?

我走在山谷里,迎着朝阳,
  那朝阳把永存的奥秘宣扬。

忽见一条小溪在潺潺流淌,
  它歌唱,呼喊,在把话讲:

生并非是安逸,
  生活就是追求与理想。

死并非是灭亡,
  死亡就是病弱与绝望。

贤哲并非靠话,
  是靠真谛在话中暗藏。

伟人不是靠地位,
  拒绝靠扶植才是荣光。

贵族不是靠祖先,
  多少贵族死在祖传上。

戴锁链并非卑贱,
  锁链可能比项链辉煌。

天堂并非是报偿,
  天堂是在美好的心上。

地狱并非是刑罚，

　　地狱是在空荡的心房。

财产并非是金银，

　　多少流浪汉比富豪强。

贫穷人并不低贱，

　　富足莫过大饼和衣裳。

美丽并不靠脸庞，

　　美是心灵发出的光芒。

清廉不见得完美，

　　罪过有时会功德无量。

这就是那小溪讲的话语，

　　向左右岩石表达的心曲。

也许那条小溪讲的话语，

　　原本是这些大海的奥秘。

声　誉

退潮时，在沙滩
　　我写下一行留言，
把我的智慧和灵魂
　　全都寄托于其间。

涨潮时，我再读，
　　再细细寻找察看，
在岸边，我只发现
　　我的无知和茫然。

你们若编织……

你们若围绕我的白日编猜想，
　　你们若围绕我的黑夜织中伤，

那你们摧不毁我的坚忍顽强，
　　也夺不走我杯中的玉液琼浆。

在我的人生中有宁静的住房，
　　在我的心灵中有和平的殿堂。

谁从死亡的食品中吸收营养，
　　就绝不会害怕去将睡梦品尝。

泪与笑 [1]

我不想用人们的欢乐将我心中的忧伤换掉，也不愿让我那发自肺腑怆然而下的泪水变成欢笑。我希望我的生活永远是泪与笑：泪会净化我的心灵，让我明白人生的隐秘和它的堂奥；笑使我接近我的人类同胞，它是我赞美主的标志、符号。泪使我借以表达我的痛心与悔恨；笑则流露出我对自己的存在感到幸福和欢欣。

我愿为追求理想而死，不愿百无聊赖而生。我希望在自己内心深处，有一种对爱与美如饥似渴的追求。因为在我看来，那些饱食终日、无所事事者是最不幸的人，不啻行尸走肉；在我听来，那些胸怀大志、有理想、有抱负者的仰天长叹是那样悦耳，胜过管弦演奏。

夜晚来临，花朵将瓣儿收起，拥抱着她的渴慕睡去；清晨到来，她张开芳唇，接受太阳的亲吻。花的一生就是渴慕与结交，就是泪与笑。

海水挥发，蒸腾，聚积成云，飘在天空。那云朵在山山水水之上飘摇，遇到清风，则哭泣着向田野纷纷而落，它汇进江河之中，又回到大海——它故乡的怀抱。云的一生就是分别与重逢，就是泪与笑。人也是如此：他脱离了那崇高的精神境界，而在物质的世界中蹒跚；他像云朵一样，经过了悲愁的高山，走过了欢乐的平原，遇到死亡的寒风，于是回到他的出发点，回到爱与美的大海中，回到主的身边。

1　原为纪伯伦散文诗集《泪与笑》的引子。

爱情的生命

春

来呀，亲爱的！让我们到荒野去！冰雪已经消融，生命从梦乡苏醒，春在河谷、山坡蹒跚、摇曳。走呀！让我们去追寻春天在辽阔的田野上留下的踪迹；上呀！让我们登上高山，放眼眺望四周那如海似涛的翠微。

啊！冬之夜叠好、收起的衣裳，如今春之晨又将它铺展开来。于是桃树、苹果树打扮得如同盖得尔夜[1]的新娘；葡萄树醒来了，枝藤扭结好似情人紧紧拥抱在一起；溪流在岩石间边跳着舞，边哼着欢乐的歌，潺潺流去；百花从大自然的心中绽开，如同从大海中涌出浪花朵朵。

来！让我们从水仙花的酒杯中喝干残存的雨的泪水；让我们倾听小鸟的欢歌，心旷神怡；让我们呼吸那春风的芳菲，如醉如痴。

让我们坐在那藏匿着紫罗兰的岩石下，相互在爱恋中亲吻。

夏

快，亲爱的！让我们到田野去！收获的季节到了！大自然在太阳仁爱的光芒普照下，庄稼已经成熟了。快来呀！莫让鸟儿和蚂蚁趁我们疲劳的时机赶在了前头，把我们地里的粮食全搬走。快走呀！让我们采撷大地上的果实，如同精神采撷爱情在我们心中播下的忠诚的种子所结出的幸福之果；让我们用田里的产品装满库房，如同生活充实了我们感情的谷仓。

来呀，我的情侣！让我们盖着蓝天，铺着草地，头枕一捆松软的干草，在一天劳累之后，躺下来休息，听着月下谷地的小溪在潺潺细语。

---

1 盖得尔夜：又称"大赦之夜""平安之夜"，指伊历九月（斋月）二十七日之夜。据传《古兰经》经文于当年该夜始降。穆斯林于该夜礼拜、祈祷，彻夜不眠，以示庆祝。

秋

亲爱的，让我们到葡萄园去！把葡萄榨成汁，装进酒池里，好似把世世代代的智慧和哲理收藏在心窝里。让我们采集干果，提取花的香液，即使花果消亡，亦可芳泽人世……

让我们回到自己的住处，因为树叶已经变黄，风卷枯叶飘落四方，好像要用它们为凋零的百花盖上尸衣，那些花是在送别夏天时，悲伤得郁郁而死的。走吧！群鸟已向海岸飞去，它们带走了园林中的生气，只给素馨和野菊留下一片孤寂，于是它们把未尽的泪水洒落在地。

我们回去吧！小溪已不再歌唱，泉眼已流干了它欢乐的泪，山丘也脱下了它的艳服盛装。走吧，我亲爱的！大自然已经睡眼蒙眬，唱了一首悲壮、动人的歌曲，为清醒送行！

冬

靠近我，我终身的伴侣！莫让冰雪的气息隔开我们的身体。请坐在我身边，在这火炉前！火是寒冬美味的水果。同我谈谈子孙后代的前景！因为我的两耳已经听腻了风的叹息和种种悲鸣。把门窗全都关紧！因为见到天气的怒容，会让我伤感、悲痛，看到城市像失去儿子的母亲坐在冰天雪地中，会令我愁肠百结，忧心忡忡。老伴儿，给灯添些油吧！它几乎要熄灭了。把灯移到你跟前！让我看着漫漫长夜在你脸上刻画下的阴影。拿酒来，让我们边斟边饮边回忆那逝去的青春。

靠近我，靠近我些，亲爱的！火已经熄了，灰烬几乎把它盖了起来。拥抱我吧！灯已经灭了，周围是一片漆黑。啊！陈年老酒使我们眼皮沉重。再瞧瞧我！用你那蒙眬的睡眼。搂着我！趁着睡魔还未将我搂紧之前。吻吻我吧！冰雪已经战胜了一切，惟有你的吻还是那样温暖、热烈……啊，亲爱的！安眠的海是多么深沉！啊，明晨又是多么遥远……在这世界上！

传送给那些在漫无边际的太空中遨游的魂灵。

在那里，在未来的世界，我们将会看到我们种种情感的翻腾和心灵的激动；在那里，我们将会认识我们信奉的神的真谛——我们现在由于绝望而对它蔑视。

我们今天称之为迷误，称之为弱点，明天会发现，那原是人生链条中必不可少的一环。

我们的辛劳现在虽未得到报偿，但却将同我们永存，传颂我们的荣光。

我们今日承受的灾难，明日将会成为我们荣誉的桂冠。

此外，济慈——那只善鸣的夜莺——如果知道他的诗歌至今一直向人们心中灌输着爱美的精神，他就一定会说：

"请给我刻下这样的墓志铭：此地长眠者，他的声名是用火写在天空。"

灵魂啊，求你怜悯

我的灵魂啊！你知道我软弱，你要到何时才不再哀号？我只会用人的语言描述你的梦境，你要到何时才会停止大喊大叫？

灵魂啊，你瞧瞧！我这一生无时不听从你的教导。你仔细看看，你让我受尽了煎熬，为了步步追随你，我才如此形容枯槁。

我的心原是属于我的，现在却成了你的奴隶；我的坚忍原是我的安慰，现今它却由于你而对我责备；青春原是我的朋友，如今却因为你而将我怪罪。可是这一切原都是上苍赐予我的呀，你还要怎样，你还有什么奢望？

我否定了自己，丢下了我的安乐窝，放弃了我毕生的荣誉，而只剩下了你。请你对我秉公判断吧！因为公正正是你光荣的所在，否则请你把死神请来，使我摆脱你的束缚，让你我从此分开。

灵魂啊，求你怜悯！你让爱情压在我的心头，我实在难以承受：你同爱情在一起，团结一致，强而有力；我同物质在一道，貌合神离，软弱无比。一强一弱岂能长久相持下去？

灵魂啊，求你怜悯！你让幸福对于我可望而不可即：你同幸福站在高山之巅，我却与不幸处于谷壑、深渊。一高一低岂能相见？

灵魂啊，求你怜悯！你使美在我的眼前时隐时现：你同美站在光明之中，我和愚昧身处黑暗。光明与黑暗焉能混为一谈？

灵魂啊！来世还未来临，你就为来世而欢欣；而这肉体处在生活中，却因生活而不幸。

你迅速地奔向永恒的世界，而这肉体却缓慢地迈向灭亡；你不会放慢脚步，它也不会加快步伐。灵魂啊！这真是极其可悲。

你受苍天的吸引向上升，而这肉体却受地球的引力往下坠。因此，你不能安慰它，它也不会祝贺你，这就是憎恶。

灵魂啊！你由于你的睿智而富有，而这肉体却由于它的本质而贫穷。你不能屈尊降贵，它又不肯攀龙附凤，这真是极大的不幸。

在寂静的夜晚，你可以走到情人那里，幸福地同他紧紧拥抱在一起，而这肉体却将永远受着思念和离别的苦痛。

灵魂啊！求你怜悯，求你怜悯！

致我的穷朋友

你——生在苦难的摇篮里，长在屈辱的怀抱中，在专制豪门中消耗了自己的青春，在长吁短叹中啃着自己的面包，掺着滴滴辛酸泪喝着浑浊苦水的人；

你——按照人类横暴的法律规定，抛妻离子，为名谓"义务"实为"野心"而卖命的士兵；

你——在故土没有知音，在亲友中没有知心，甘愿嚼纸片喝墨水的诗人；

你——为了一桩昏庸者坚持、改良者认为荒唐的区区小过，被投入黑牢的囚徒；

你——天生丽质，使纨绔子弟见了穷追不舍，百般勾引，用金钱战胜了你的贫穷，让你失身后又抛弃了你，使你饮恨吞声、屈辱不堪的可怜姑娘；

你们——我亲爱的弱者们，都是人类法规的牺牲品。你们不幸，这不幸是强者的蛮横、官府的暴虐、富人的悭吝、不良之徒的自私自利所造成的结果。

不要绝望，不要垂头丧气！透过这世界的黑暗，透过钱财，透过乌云，透过以太，透过一切的一切，还存在一种力量，那就是真正的公正，真正的仁慈，真正的同情，真正的博爱。

你们好似长在阴暗处的花，一有惠风徐来时，会把你们和种子带到阳光下，过上美好的日子。

你们如同被冬雪压住身子的光秃秃的树，再有春来时，会使你们葱葱茏茏，枝繁叶茂。

真理将会撕破泪容，让我们露出笑脸。

我的弟兄们！我亲吻你们，我蔑视那些压迫你们的人。

致责难者

责难我的人啊！请让我孑然一身，别来扰乱我的清净！你的心中怀有男女之爱，也不乏天伦之情，我要求你以这种情感发誓：别管我的事情！

别管我，让我做自己的梦！请你耐心等到天明，未来可以对我任意裁定。

你对我提出忠告，怀着一片赤诚。然而这忠告不过是一种幻影，使得心灵彷徨，不知何去何从，最后把它引向那种人生——生活像泥土似的呆板、僵硬。

我有一颗小小的心脏，我要剖开自己的胸腔，把它掏出来托在手掌上，对它的奥秘追根究底，审视端详。因此，责难我的人啊！请别用你那信条的箭对我的心进行伏击，使它害怕，又躲藏进胸膛里去，而来不及倾吐它的隐秘，也未能尽其天职——那种义务本是主在用美与爱创造心时赋予它的。

这里，旭日早已升起，处处可以听到夜莺鸣啭百灵啼，桃金娘与紫罗兰花盛开，馨香扑鼻。我想要离开梦乡，随着洁白的羊群走去。责难我的人啊！别对我厉声申斥，也不要用森林的狮子和山谷的毒蛇吓唬我，让我惊惧。因为我的心灵不懂得忧虑；灾难未临头，也从不知事先警惕。

请别对我责难，也莫向我说教连篇！因为灾难让我学得聪明了，泪水擦亮了我的两眼，悲伤教会了我心心相通的语言。

请别对我提到那种种禁令！因为我的良心就是一个对我秉公而断的法庭：我如果无辜，它能维护我免受惩罚；我如果犯罪，它会让我得到应有的报应。

瞧！爱的队伍在行进，美高举旌旗在后面跟，那吹奏欢乐进行曲的是青春。因此，责难我的人，请别阻止我！让我同它们一道前进！因为道路上铺着鲜花、香草，空气中馨香袭人。

别再给我讲述什么利禄、功名！因为我的心灵早已听腻了这一套，不想再听，如今它所关心的是上帝的光荣。

请别让我卷入政治和权势的纠纷！因为整个地球都是我的祖国，所有的人类都是我的乡亲。

情　语

　　我的美人儿，你在哪里？你是在那小花园里给花儿浇水？——那些花儿喜欢你，像婴儿喜欢母亲的乳房；你是在闺阁里？——在那里你曾为贞淑建起一座祭坛，我为此誓将自己的灵魂和余生奉献；你还是埋头在书堆里？——你虽富有神的睿智，却仍希望进一步从书中汲取人类的智慧。

　　我知心的伴侣，你在哪里？是在神庙里为我祈祷，向神顶礼膜拜？还是在田野里，向大自然——令你赞叹、引起你梦想之所在——倾吐你的情怀？或者是在那些穷人的茅舍里，用你那颗善良的心将那些愁肠寸断的女人安慰，向她们布施，给她们以恩惠？

　　你无所不在，因为你来自主的灵魂；你无时不在，因为你比时光还强有力。

　　你是否还记得我们幽会的那些夜晚？——你心灵的光辉好像神圣的光轮照射在我们的周围，爱的天使围着我们翩跹，将圣灵的功绩颂赞。你是否还记得那些日子？——我们坐在树荫下，头上的枝叶把我们笼罩，似乎是要把我们与人类隔开，如同肋骨将心中神圣的秘密遮盖。你是否还记得我们走过的那些小路和坡地？——当年走过时，我们的手紧紧相握，手指像你的辫子编织在一起；我们的头相互依偎，仿佛是你保护着我，我保护着你。你是否还记得我来向你告别的时刻？——你与我拥抱，又像圣母玛利亚似的吻了我，通过这一吻，我才知道：嘴唇一旦吻合在一起，就会带来一些不可言传的天机。这一吻，好似一首序曲，随之而来的是两人的叹息，那叹息就像上帝把泥变成人时吹的那一口气。那叹息比我们先进入灵魂的世界，宣布我们两个心灵的荣誉，它将待在那里，直至我们与它相会，永在一起……随后，你又一再地吻我，流着泪对我说："身体有些令人不解的要求、目的，因此，它们往往为种种尘世上的事物而匆匆分离，而灵魂则一直在爱情的手中保存，直至死神来临，把它们交付给上帝。去吧，亲爱的！生活既选派了你，你就要对她顺从。生活是一个美女，谁顺从她，她才会让他痛饮幸福的琼浆玉液。至于我，我有新郎，与我相依为命，那就是对你的爱情；我有长期举行的吉庆的婚礼，那就是对你的回忆。"

我的伴侣，如今你在哪里？你是否在这更深人静的时分还未安眠？每当习习的晚风吹起，我都让它给你带去我的心声和胸臆。你是否正在注视着你心上人的画像？那画像如今同所画的人已经大不一样：过去那前额因你在近旁而高兴地舒展，如今悲郁却将阴影投在上面；过去那一对眼睛由于映照出你的美丽而显得神采奕奕，如今却已萎蔫、失神——由于悲伤的哭泣；过去那嘴唇由于你的亲吻而湿润，如今爱恋却使它干渴难忍。

如今你在哪儿，我心爱的人？你可听见海外我的呼唤和我的哭喊？你可看见我的软弱、我的卑贱？你可知道我的耐性、我的坚忍？难道说空气中就没有什么魂灵，能传达一个垂死者的呻吟？难道说心灵之间就没有无形的线，可传送一个处于弥留之际的情人的悲叹？

你在哪里，我的命根？我已悲恸欲绝，眼前一片漆黑。请你在空气中微笑，我就会振奋起来；请你在以太中呼吸，我就会复活、新生。

你在哪里，亲爱的？你在哪里？

啊！爱情多么伟大，我是多么渺小！

情　侣

第一眼

那虽只是一瞬，却将人生的醉与醒截然划分；那是第一道光芒，将心的角落全照亮；那是在第一根心弦上，发出的第一声神奇的音响。这一刹那，你心灵又听到了往日的传闻，让它看到了失眠之夜的作品。那一瞬间向心灵阐明了人世间感情的业绩，也对它泄露了来世永生的秘密。那是阿施塔特女神[1]从苍天抛下的一粒种子，落入眼睛种进心窝，感情催它发芽，心灵使它结果。情侣的第一眼好似圣灵飘荡在烟波浩渺的海面，由此产生了地与天。人生伴侣的第一眼，仿佛是上帝在说："如此这般……"

第一吻

上帝在杯中斟满了爱的美酒，它是从那杯中啜饮的第一口；往日还让人半信半疑，时时担忧，它却一下子令人确信无疑，喜上心头；它是美好人生的序幕，是精神生活诗篇的开头；它是一根纽带，连接着不同寻常的过去和光辉灿烂的未来；它既包含着感情的宁静，也隐伏着情感的风暴；它是四片嘴唇共同说出的语言，宣布心是宝座，爱情是女王，忠诚是王冠。它是温柔的一触，好似微风轻抚玫瑰花蕊一般，带来的是轻轻的甜蜜的呻吟和一声幸福的长叹；它是神奇的抖颤的开端，这种抖颤使得情人脱离开道学世界，进入梦幻的乐园；它是把两朵花儿合在一起，使它们的气息相混，而产生第三种香气……如果说第一眼是爱情女神在心田上撒下的种子，那么第一次亲吻就像一朵鲜花，开放在人生之树的枝头上。

1　阿施塔特女神：为古代闪族腓尼基人（今址在叙利亚、黎巴嫩、巴勒斯坦一带）所信奉的迦南宗教的重要女神之一，据说是司繁殖、爱情的女神。

婚　配

从此，爱情把生活的散文写成诗篇，把生命的内容写成经卷，昼夜吟咏、诵念。从此，思慕揭开了蒙在往年那些不解之谜上面的种种神秘的幕布，而由诸般乐趣构成了只有灵魂拥抱其主的快乐才能与之相比的幸福。婚配就是两种神性结合在一起，而使第三种神性降生在地；婚配是两个相爱的强者同舟共济，以便一道战胜岁月征途上的风风雨雨；婚配就是把黄色的美酒与红色的佳酿混合在一起，而产生一种好似朝霞一样橘红色的液体；婚配就是两个灵魂和谐一致，是两颗心合二为一；婚配是一条金链上的一环，这金链的开头是目光一闪，它的末尾是无穷无限；婚配是纯净的雨水从贞洁的天空向神圣的自然倾盆而下，把幸福的田地中的力量开发……如果说情人的第一眼好似爱情播在心田中的一粒种子，出自她双唇的第一次亲吻好像第一朵鲜花开放在人生的树枝，那么，与她结婚就如同那粒种子开出的第一朵鲜花结出的第一颗果实。

一支歌

在我心灵深处有一支歌曲，它不想穿上词语做的衣裳；那支歌隐居在我心头，不愿随着墨水往纸上流；它如轻纱缠绕着我的情感，不肯像津液倾注在舌端。

我担心以太中的分子会将它损伤，怎肯将它吟唱？它已经习惯于安居在我的心房，我怕它受不了人们耳朵的粗俗，我又能对谁将它歌唱？

你若看看我的眼睛，就会看到它的幻影；你若摸摸我的指尖，就会感到它的颤抖。

我的作品将它表明，好似湖面将星光照映；我的泪水将它透露，如同朝阳下的露珠，将玫瑰花的秘密泄露。

这支歌曲，静谧让它展翅飞翔，喧嚣却使它隐匿藏起；黑夜睡梦时将它哼起，白昼清醒时却令它销声匿迹。

人们啊！这是一首爱情之歌。哪一位以撒[1]曾歌唱过它？哪一位大卫又曾将它吟咏？

它比素馨花的气息还芬芳，谁的喉咙能将它污染？它比处女的童贞还珍贵，什么管弦敢把它糟践？

谁能将海涛轰鸣与夜莺啼啭合二为一？谁又能将狂风呼啸同小儿咿呀调谐一致？哪个人能咏唱好神的歌曲？

---

1 以撒：原意为"幸福和欢笑"。据《圣经》说其为亚伯拉罕和撒拉年迈时所生之子，生后阖家欢乐，故起此名。

浪之歌

我同海岸是一对情人。情使我们相亲相近，风却让我们相离相分。我随着碧海丹霞来到这里，为的是将我这似银的泡沫与金沙铺就的海岸合为一体；我用自己的津液让它的心冷却一些，别那么过分炽热。

清晨，我在情人的耳边发出海誓山盟，于是它把我紧紧搂抱在怀中；傍晚，我把爱恋的祷词歌吟，于是它将我亲吻。

我生性执拗、急躁，我的情人却坚忍而有耐心。

潮水涨来时，我拥抱着它；潮水退去时，我扑倒在它的脚下。

曾有多少次，当美人鱼从海底钻出海面，坐在礁石上欣赏星空时，我围绕她们跳过舞；曾有多少次，当有情人向俊俏的少女倾诉着自己为爱情所苦时，我陪伴他长吁短叹，帮助他将衷情吐露；曾有多少次，我与礁石同席对饮，它竟纹丝不动，我同它嘻嘻哈哈，它竟面无笑容。我曾从海中托起过多少人的躯体，使他们死里逃生；我又从海底偷出过多少珍珠，作为向美女丽人的馈赠。

夜阑人静，万物都在梦乡里沉睡，惟有我彻夜不寐，时而歌唱，时而叹息。呜呼！彻夜不眠让我形容憔悴。不过我满腹爱情，而爱情的真谛就是清醒。

这就是我的生活，这就是我终身的工作。

雨之歌

我是根根晶亮的银线，神把我从天穹撒下人间，于是大自然拿我去把千山万壑装点。

我是颗颗璀璨的珍珠，从阿施塔特女神王冠上散落下来，于是清晨的露水把我偷去，用以镶嵌绿野大地。

我哭，山河却在欢笑；我掉落下来，花儿却昂起了头，挺起了腰。

云彩和田野是一对情侣，我是它们之间传情的信使：这位干渴难耐，我去解除；那位相思成病，我去医治。

雷声隆隆闪似剑，在为我鸣锣开道；一道彩虹挂青天，宣告我行程终了。尘世人生也是如此：开始于盛气凌人的物质的铁蹄之下，终结在不动声色的死神的怀抱。

我从湖中升起，借着以太的翅膀翱翔、行进。一旦我见到美丽的园林，便落下来，拥抱着青枝绿叶，吻着花儿的芳唇。

在寂静中，我用纤细的手指轻轻地敲击着窗户上的玻璃，于是那敲击声构成一种乐曲，启迪那些敏感的心扉。

空气中的热使我降生在地，我又反过来去消除这种热气。这就如同女人：她们从男人身上吸取力量，反过来又用这力量去征服男人。

我是大海的叹息，是天空的泪水，是田野的微笑。这同爱情何其酷肖：它是感情大海的叹息，是思想天空的泪水，是心灵田野的微笑。

美之歌

我是爱情的向导，是精神的美酒，是心灵的佳肴。我是一朵玫瑰，迎着晨曦，敞开心扉，于是少女把我摘下枝头，吻着我，把我戴上了她的胸口。

我是幸福的家园，是欢乐的源泉，是舒适的开端。我是姑娘樱唇上的嫣然一笑，小伙子见到我，刹时把疲劳和苦恼都抛到九霄云外，而使自己的生活变成美好梦想的舞台。

我给诗人以灵感，我为画家指南，我是音乐家的教员。

我是孩子回眸的笑眼，慈爱的母亲一见，不禁顶礼膜拜，赞美上帝，感谢苍天。

我借夏娃的躯体，显现在亚当面前，并使他变得好似我的奴仆一般；我在所罗门王面前，幻化成佳丽使之倾心，从而使他成了贤哲和诗人。

我向海伦[1]莞尔一笑，于是特洛伊成了废墟一片；我给克娄巴特拉[2]戴上王冠，于是尼罗河谷地变得处处欢歌笑语，生机盎然。

我是造化，人世沧桑由我安排；我是上帝，生死存亡归我主宰。

我温柔时，胜过紫罗兰的馥郁；我粗暴时，赛过狂风骤雨。

人们啊！我是真理。我是真理啊，你们要把这一点牢记在心里。

---

1 海伦：希腊神话中的美人，宙斯同勒达所生之女，嫁与斯巴达王为妻，后被特洛伊王子帕里斯诱拐，引起希腊人同特洛伊人的一场大规模战争。故事见荷马史诗《伊利亚特》。

2 克娄巴特拉(前六九年至前三〇年)：埃及托勒密王朝最著名的女王，前五一年至前三〇年在位。

幸福之歌

我与人类相亲相爱。我渴慕他，他迷恋我。但是，何其不幸！在这爱情中还有一个第三者，让我痛苦，也使他饱受折磨。那个飞扬跋扈名叫"物质"的情敌，跟随我们，寸步不离；她像毒蛇一般，要把我们拆散。

我在荒郊野外、湖畔、树丛中寻求我的恋人，却找不见他的踪影。因为物质已经迷住他的心窍，带他进了城，去到了那纸醉金迷、胡作非为的地方。

我在知识和智慧的宫殿里把他寻找，但却找不到，因为物质——那俗不可耐的女人已经把他领进个人主义的城堡，使他堕落进声色犬马的泥沼。

我在知足常乐的原野上寻求他，却找不见，因为我的情敌已经把他关在贪婪的洞穴中，使他欲壑难填。

拂晓，朝霞泛金时，我将他呼唤，他却没听见，因为对往昔的眷恋使他难睁睡眼；入夜，万籁俱寂、群芳沉睡时，我同他嬉戏，他却不理我，因为对未来的憧憬占据了他整个的心绪。

我的恋人爱恋我，在他的工作中追求我，但他只能在造物主的作品中才能找到我。他想在用弱者的骷髅筑成的荣耀的大厦里，在金山银堆中同我交往，但我却只能在感情的河岸上，在造物主建起的淳朴的茅舍中才能与他欢聚一堂。他想要在暴君、刽子手面前将我亲吻，我却只让他在纯洁的花丛中悄悄地亲吻我的双唇。他千方百计寻求媒介为我们撮合，而我要求的媒人却是正直无私的劳动——美好的工作。

我的恋人从我的情敌——物质那里学会了大喊大叫、吵闹不止，我却要教会他：从自己的心泉中流出抚慰的泪水，发出自力更生、精益求精的叹息。我的恋人属于我，我也是属于他的。

花之歌

我是大自然的话语，大自然说出来，又收回去，把它藏在心间，然后又说一遍……

我是星星，从苍穹坠落在绿茵中。

我是诸元素之女：冬将我孕育，春使我开放，夏让我成长，秋令我昏昏睡去。

我是亲友之间交往的礼品，我是婚礼的冠冕，我是生者赠与死者最后的祭献。

清早，我同晨风一道将光明欢迎；傍晚，我又与群鸟一起为它送行。

我在原野上摇曳，使原野风光更加旖旎；我在清风中呼吸，使清风芬芳馥郁。我微睡时，黑夜星空的千万颗亮晶晶的眼睛对我察看；我醒来时，白昼的那只硕大无朋的独眼向我凝视。

我饮着朝露酿成的琼浆，听着小鸟的鸣啭、歌唱，我婆娑起舞，芳草为我鼓掌。我总是仰望高空，对光明心驰神往；我从不顾影自怜，也不孤芳自赏。而这些哲理，人类尚未完全领会。

啊！风

你时而歌唱、欢笑，时而又悲叹、哭号。我们能听见你的声音，却见不着你的面貌：对于你，我们能觉察出，但却看不到。你仿佛是爱情的海洋，淹没了我们的灵魂，抚慰着我们宁静的心。

你逢山而升，遇谷而降，在原野上则伸展开去，浩浩荡荡。升时，可看出你的刚毅、坚忍；降时，可看出你的谦恭、礼让；伸展时，则显示出你的轻盈、灵敏。你犹如一位尊贵而仁义的国王，对下层弱者显得和蔼可亲，对倨傲的强者则威风凛凛。

秋天，在山谷里，你哭天号地，树木也跟着你一道啜泣；冬天，你大发雷霆，整个大自然也随着你怒气冲冲；春天，你软弱多病，田野却因而苏醒；夏天，你戴上了静谧的面具，我们却以为是太阳用利箭射死了你，又用它的酷热裹住了你的尸体。

然而，在秋天的日子里，你究竟是哭号，还是出于你剥光了树木的衣服，在看着她们害羞而嬉笑？在冬天的日子里，你究竟是圆睁怒目，还是绕着夜晚雪盖的坟墓在舞蹈？在春天的日子里，你究竟是软弱无力，还是像一个多情的少女，想用哀怨的叹息把久别的恋人——四季中的青年——从睡乡中唤起？在夏天的日子里，你究竟是一具僵尸，还是只在果树丛中、葡萄藤里和打谷场上暂时睡去？

你从穷街陋巷里带上了疾病的气息，又从高原山野上带来了百花的芳香。这犹如那些广宽的心胸，它们静静地忍受着人生的苦痛，也静静地对待人生的喜庆。

你对玫瑰花附耳说了些古怪的话语，而花儿竟懂得它们的含义，于是它一会儿浑身战栗，一会儿又显得笑容可掬。上帝对人的灵魂也正是这样做的。

你在这里慢慢腾腾，在那里又匆匆急急，在第三处则是奔跑、驰骋、永不停息。这就好似人的思想：活动才生，静止则死。

你在湖面上写下一行行诗句，然后又把它们涂去。这同那些犹豫不决的诗人何其相似！

你自南方来时，炽热得像爱情；你从北方至时，冷酷得如死亡；你从东方来临，像灵魂轻抚般的温柔；而从西方降时，则像仇恨似的凛洌、凶狂。你究竟是像岁月一样反复无常，还是四面八方的使者，他们怎样嘱咐你，你就怎样对我们讲？

你在沙漠中怒气冲天，蹂躏起商队是那样凶残，然后你又把他们埋葬在荒沙下面。这难道还是那个你吗？——那股无形的气流，随同晨曦从枝叶间徐徐而起，又似梦幻般悄然流向原野、谷地，在那里，花儿因爱你而战栗、摇曳，草儿闻到你的气息，则手舞足蹈，如醉如迷。

你在海洋上乱发脾气，把平静的大海惹得无名火起，以至于它波涛汹涌，对你穷追不舍，张开巨口，把无数的船只、生命一下子全吞下去。这难道还是那个你吗？——你是那样顽皮而多情，把房前屋后跑来跑去的女孩的小辫儿轻轻地抚弄。

你带着我们的灵魂、我们的喟叹、我们的气息，急匆匆地要奔向何地？你把我们的欢歌笑语又要带到哪里？我们心中溅起的火花你将如何处理？你是要把它们全都带到世外、霞霓后面去，还是想把它们当成猎物，拖进那些可怕的深谷、洞穴里，随意一丢，让它们就此销声匿迹？

夜深人静时，心灵向你吐露它们的秘密；晨光熹微时，眼睛让你带去眼睑的战栗。那心灵的感觉、眼睛的发现，你可曾忘却？

在你的羽翼下，携着穷人的呼喊、孤儿的哀怜、寡妇的悲叹；在你的衣褶中，放着旅人的思念、弃儿的哀怨、烟花女心灵的哭喊。这些小人物交给你的这一切，你是否妥为保存，还是像这大地一样，我们交给它什么，它就将其变为自身的一部分？

这些呼声、哭喊，你是否听见，还是你也同那些豪强、权贵一般——人们向他们伸手乞怜，他们却不屑一看，人们向他们呼喊，他们却佯装听不见？

风啊，你这听者的命根！你是否听到了这些声音？

努埃曼

（一八八九年至一九八八年）

生于黎巴嫩的巴斯坎塔镇。曾在巴勒斯坦拿撒勒俄国人办的师范学校学习四年。此后，作家被保送至乌克兰的波尔塔瓦学院深造。一九一一年，他回到了黎巴嫩，并与其兄同年去美国，入华盛顿大学攻读法律与文学。一九一八年曾应征入伍赴法。一九一九年回纽约，一九二〇年"笔会"成立，他任秘书长（顾问），并参加了《艺术》和《游子》两种文学刊物的编辑工作。一九三二年回黎巴嫩故乡定居。努埃曼是位多才多艺多产的作家，在很多方面都有所建树。他是位创新派诗人，其诗虽亦多为格律诗，但已打破传统诗歌格律的束缚，诗句多简短、明快，韵律富于变化。有人称他的诗为"细语诗歌"，因为他的诗歌给人的印象不像那种慷慨激昂的演讲，而像人们在相互耳语讲悄悄话，让人们心灵感到温馨、慰藉。

我不怕

我家是铁屋顶，
　　　我家是石屋基。

任凭狂风猛吹，
　　　任凭树涛号泣，

任凭满天乌云，
　　　任凭倾盆大雨，

任凭雷霆轰鸣，
　　　我却毫不畏惧。

我家是铁屋顶，
　　　我家是石屋基。

从小小的油灯
　　　我把视力汲取，

每当长夜漫漫，
　　　黑暗笼罩大地。

一旦黎明死亡，
　　　一旦白昼消逝，

任星星无影无踪，

任月亮销声匿迹，

从小小的油灯
　　我把视力汲取。

我的心扉紧闭，
　　阻隔悲愁种种。

任凭烦恼进攻，
　　不论黄昏黎明；

任凭厄运来袭，
　　带着麻烦、不幸；

任凭灾难万千，
　　齐降我的头顶。

我的心扉紧闭，
　　阻隔悲愁种种。

伴我的是前定，
　　随我的是天命。

任邪恶在我心口
　　打出一颗颗火星，

任死神在我门前
　　挖出一个个深坑，

我不怕伤害，
　　也不怕苦痛。

伴我的是前定，
　　随我的是天命。

艾敏·雷哈尼

（一八七六年至一九四〇年）

　　生于黎巴嫩法里卡镇。童年在家乡学习阿拉伯语和法语，十二岁时随亲人旅居美国纽约。在那里，他学习英文，帮助父亲和叔父经商。曾在纽约大学学习过法律，后因病返回黎巴嫩休养，并将阿拉伯古代著名的诗人、哲学家麦阿里的诗集《鲁祖米亚特》选译成英文，于一九〇三年返美后发表，引起西方文学界注目，从此登上文坛。他多次往返于美国和黎巴嫩之间，在报刊上发表文章，到处演说，揭露和抨击当时奥斯曼土耳其帝国统治下的种种社会弊端，积极主张进行社会革命。他反对宗教迷信，反对殖民主义和专制独裁，追求自由、平等、博爱的理想世界，被认为是最著名的阿拉伯民族主义作家。其作品体裁、形式多种多样，题材内容丰富而广泛。其代表作是《雷哈尼散文集》（《香草集》），亦音译为《雷哈尼亚特》，原为雷哈尼的自选集，共四卷，内容广泛，包括政治、社会、宗教、哲学、文学等方面的杂文、演讲词、散文诗、格言等。作家去世后，由其弟艾尔伯特·雷哈尼于再版时分门别类重新整理结集。

灰烬与星辰

在灰烬之下，在星辰之上，
有一种无形的生命永不消亡。

一次功德可以让人骄傲，趾高气扬，
在沽名钓誉的街巷和虔诚、神圣的柱廊里徜徉；
一次失足会让人在黑暗中守口如瓶，一声不响，
在无声无息、遗忘的幕后度过一生的时光。
我的心灵讨厌前者，却同情后者，寄予希望。

平民百姓有雄心壮志——
一旦摆脱了各种桎梏、羁绊；
君主帝王是狗肚鸡肠——
一旦除掉那威严、显赫的光环。
到何时，我们才会不再对贫贱者置之不理，
而对富贵者膜拜顶礼？
扬弃一下你们憎恶的人和你们喜爱的人，
你们鄙视的人和你们尊敬的人！
也许卑贱者最高贵。
明天你们就会明白并崇拜这一真理。

在灰烬之下，在星辰之上，
有一种无形的生命永不消亡。

艾布·马迪

（一八八九年至一九五七年）

　　生于黎巴嫩一个山村。后离家去埃及亚历山大，一九一二年赴美同其兄经商。一九一六年去纽约，主编《阿拉伯杂志》，并参加《少女》杂志的编辑工作。一九一八年至一九二八年主编《西方镜报》。一九二○年加入"笔会"，为该会骨干之一。一九二九年创办《赛米尔》半月刊。一九四八年黎巴嫩、叙利亚分别对他授勋，以表彰其对阿拉伯文学的贡献。遗有诗集《忆昔集》《溪流集》《丛林集》《金与土》等。艾布·马迪是个自学成才的诗人。其诗歌主要特色是蕴涵着深刻的哲理，对生活充满了乐观、奋斗、进取、向上的精神。其诗感情细腻，想象丰富，语言精确而流畅。他是旅美派中最负盛名的诗人之一，被评论家称为"美、质疑与乐观的诗人"。

你何必总抱怨？！

你何必总是抱怨，说自己穷？
　　　　大地归你所有，还有天空、群星。

你有田野和百花吐芳，
　　　　还有清风和鸣啭的夜莺。

水在你周围像闪闪的熔银，
　　　　太阳在你头上像燃烧的金锭。

光亮时建时毁壮丽的大厦
　　　　——在山麓，在峰顶，

好像是艺术家展示自己的作品，
　　　　似奇迹，令人无法学成。

天空晴朗、崇高又壮丽，
　　　　似大海，任群鸟在其中游泳。

世界对你微笑，春风满面，
　　　　你为什么要愁眉苦脸，不露笑容？

如果你是为昔日的荣华伤心，
　　　　难道懊悔就能恢复往日的光荣？

如果你是为灾难临头而担心，
　　　　那么愁眉苦脸又有何用？

如果你青春已过，切莫说：
　　"岁月亦老！"因为它永远年轻。

你瞧！大地呈现出多少画面，
　　美丽，动人，栩栩如生。

在丛林中有多少枝条
　　好似一双双手，时而鼓掌，向你致敬。

有多少泉水在大地流动，
　　好似渗渗泉，可以为人治病。

好大的舞台，美得令微风着迷，
　　于是风一会儿吟唱，一会儿哼哼，

好似热恋的人站在情人门前，
　　乞求怜悯，倾诉满腹衷情。

欢腾的小溪在欢快地笑，
　　迷茫的水仙正酣然入梦。

山坡上蒙着一层绿毯，
　　高原上处处都是美景。

这里是一片芬芳、馥郁，
　　那里是光带缠绕山峰。

种种景象都洋溢着欢乐，
　　好似上帝在其中绽露笑容。

何不以理智探索一切，
　　求知者总有美在伴随他行。

难道你的灵魂光顾乐园竟置之不理，
　　却要让臆想的地狱扰乱心境？

难道你看到具体的真理竟要厌弃，
　　却让种种疑虑充斥心中？

身在今天却期望明天的人啊！
　　你是用所知的一切去换取懵懂。

富人们……

富人们，大吃大喝呀！
　　纵然饥饿者塞满了路。

要穿就穿新丝绸！
　　尽管穷人穿着破衣服。

你们宫殿四周要有人保卫！
　　要建堡垒把你们的人维护！

不必去管那些饥寒交迫的人！
　　他们对你们的所作所为不清楚。

若是他们的哭喊打扰了你们，
　　若是他们的存在让你们不舒服，

那就下令让军队扑向他们！
　　让他们知道何为死神的惩处。

修　士

临近黄昏，在田野，我看见
一株谷穗在那沙丘的旁边，
它弯着腰，低着头，
　　　　　好似在向太阳昂首，
又仿佛在做晚祷。

于是我离开那田野的修士，
昂首径直朝前走去。
我捡拾谷穗，将它扬簸，
　　　　　有时又把它投掷于火。
从中为我的身体汲取养料。

蚯蚓与夜莺

一条蚯蚓蠕动在地上，
　　望着夜莺在飞翔、歌唱。

于是它爬到田里落叶旁，
　　抱怨自己没有翅膀。

一只蚂蚁走来，对它说道：
　　"知足吧！你最好就是这样！

"我倒希望你不要变成鸟，
　　免得被逮住，被宰杀，把命丧。

"还是待在地上吧！地面对蚯蚓最温情，
　　也不要说话，安逸莫过于一声不响！"

黎巴嫩，不要责怪你的儿子们

黎巴嫩！不要责怪你的儿子们，
　　如果他们乘船向上航行。

他们离你而去，不是厌弃，
　　只是他们生来就为了追寻珍宝的秘踪。

你把他们生下来就是一群雄鹰，
　　只肯振翅翱翔在高空。

即使金制的牢笼也不会令鹰满意，
　　更何况那监狱是泥制成。

地面只能供虫子爬行，
　　只有高空才属于鸷、雕、雄鹰。

奥　秘（节选）

我来了，虽然我不知我来自何处，
我见前面有条路，便走上了征途，
不管我愿不愿意，我不能停步，
我如何来的，又怎么会看见路？
　　　　　　我不知道！

在这世间，我是新人还是旧物？
我是绝对自由，还是身负桎梏的俘虏？
我在生活中，是受制于人，还是能够自主？
我希望我能知道，但是
　　　　　　　我不知道！

我的道路又是什么道路？是短还是长？
我是在沿路上升，还是在往下降？
是我走在路上，还是路走向前方？
或者我们两者都不动，而是时间在奔跑，
　　　　　　我不知道！

奴　隶

树上松鼠在跳来跳去，
　　兔子在田野快乐嬉戏。
我是一个能干的猎人，
　　但我这种人打猎却被禁止，
　　因为我是一个奴隶。

白色的公鸡在鸡埘里，
　　美得像尤素福，自鸣得意。
我真希望能逮住那只公鸡，
　　但我却不能称心如意，
　　因为我是一个奴隶。

我的姑娘就在那一家里，
　　她的脸庞像沥青般黝黑。
我的邻居将要把她抢去，
　　这种耻辱是多么可悲，
　　这还不够吗？我这个奴隶！

叙利亚之声

美丽叙利亚的声音，

　　　　　你是那样甜美动听。

笑起来好似丛林，

　　　　　嬉戏时又如微风。

啊，鸽子，请你欢歌！

　　　　　歌声就是天空的诗篇。

它似树枝摇曳婆娑，

　　　　　它如星光明丽、璀璨。

我的天堂

建造、修饰我天堂，
　　一旦建成即沦丧。

多福河水由我引，
　　众人欢饮我未尝。

笑　吧！

他愁眉苦脸，说：天空阴沉沉！
　　我说：笑吧！别管天阴不天阴。

他说：青春已过！
　　我说：笑吧！遗憾唤不回逝去的青春。

他说：敌人在我周围高声喊叫，
　　我能快乐吗？四周全是疯狂的敌人。

我说：笑吧！如果你不比他们高明，
　　他们岂会无事生非，对你吠声猖狺。

他说：岁月好似让我啃苦瓜，
　　我说：笑吧！纵然是把苦瓜啃。

也许别人见你在欢歌，
　　也会欢歌，而忘掉烦恼，驱散愁云。

难道你愁眉苦脸就会赚得分文？
　　难道你春风满面就会失去金银？

我的朋友！何不笑口常开，
　　和颜悦色，以情感人？

笑吧！流星总是在黑暗中欢笑，
　　正因为如此，我们才喜爱星辰。

他说：欢笑不会使一个人幸福

  ——他来到尘世，死是注定的命运。

我说：只要一息尚存，你就笑吧！

  因为此后，你就无法微笑、欢欣！

瞎　子

　　我们对无知的人是多么谦逊，

　　宽容他们，他们却不肯宽容我们。

　　有头脑的人们！请告诉他们，

正是我们这些诗人，

　　　　先知的奥秘体现在我们一身。

　　说什么，是用灰尘造成我们的殿堂，

　　一朝一夕它们就会坍塌、消亡，

　　说什么，那些诗行是用水写在水上。

如果你们能在我们的殿堂住一会儿，

　　　　那你们就一定会将自己的岁月忘尽！

　　如果你们能走进灵感的庙宇，

　　如果你们能漫步在梦幻的天地，

　　如果你们能探索那些崇高意境的奥秘，

如果你们能像我们一样认识上帝，

　　　　那你们就会在我们面前跪下身！

　　你们竟说那是个疯子、狂人？

　　你们竟说那人是头脑发昏？

　　你们竟说那是个可怜的诗人？

可有多少国王，多少将军，多少大臣，

　　　　向往能成为一个可怜的诗人！

有两样东西，岁月无法让它消亡

有两样东西，岁月无法让它消亡：

　　一是黎巴嫩，一是亲人对它的希望。

我们想念它那夏天山岳披绿装，

　　我们热爱它那雪盖河谷白茫茫。

爱是人生的歌声

啊，我的朋友！
　　空虚是最大的苦痛，

每个人的心中
　　都离不开爱情。

爱是阶梯，通往幸福；
　　爱是良药，止痛治病；

爱是群星璀璨；
　　爱是人生的歌声；

爱是情人的心灵
　　在黑暗中绽开的笑容。

花朵总会凋谢

有多少姑娘总是痴心妄想，
　　努力想把美全集于自己身上。

岂不知美就如同花朵，
　　总会凋谢，不能永久开放。

明智的人不屑于让人看到
　　终会脱落的粉墨化妆。

只喜欢涂脂抹粉面孔的青年
　　其实如同傻瓜一样。

如果外貌美丽算是优点，
　　心灵美则更好，更加高尚。

痴　情

我若违约失信你可以责难，
　　　但不要责备我的痴情苦恋！

我的爱情都感染了群星，
　　　致使它们在黑夜里失眠。

与情人分手对于我来说，
　　　真不啻于要我的命一般。

我是苦恋、痴情的魁首，
　　　一个群体总要有人领班。

没有人会痴情得像我那样，
　　　可谓无与伦比，绝后空前。

纳西布·阿里达
（一八八七年至一九四六年）

　　生于叙利亚的霍姆斯城。童年时期曾在家乡俄国教会办的小学读书，一九〇〇年被保送到巴勒斯坦拿撒勒俄国教会办的师范学校继续学习了四年，曾与努埃曼同学。一九〇五年移居美国。一九一三年创办《艺术》杂志。一九二〇年"笔会"成立时，他任干事。曾任《西方镜报》《导报》等的主编。他与纪伯伦、努埃曼、艾敏·雷哈尼等交往甚笃。诗人十七岁时开始作诗，其主要诗作被收录在诗集《惆怅的灵魂》中，诗集收有九十五首诗，包括长诗《在寻找伊赖姆的路上》《艾布·菲拉斯之弥留》。他还写有小说《迪库·金·霍姆绥》《剑的故事》等。他反对蹈常袭故，而积极主张创新。诗中常表现出诗人在追求真、善、美的道路上感到的迷茫、惶惑和痛苦。

我的心是没有帆的船

我的心是没有帆的船，
　　漂流在海洋。

它快要散架了
　　——由于过多的漂荡。

它是一只小得可怜的船，
　　没有舵手，没有船长。

在怅惘的黑暗中，
　　它的灯塔是信仰……

如果我是天上伟大的主

如果我是天上伟大的主，
　　　对世上万物诸事都知道，

我就会离开宝座，降到苦难的大地，
　　　来到人间——他们原由我创造。

我将不断用泪水清洗他们的创伤，
　　　用我的谦卑使他们更加崇高，

我将赦免他们过那种生活——
　　　这岁月从古至今似地狱般糟糕……

我在底层

我在底层，
　　我患有病。

难道就没有人给我药品，
　　给我力量，让我振奋；

把我从深渊拽到顶峰，
　　让我扶着他在世间前行？

我的道路遥远，
　　更兼一身孑然。

难道在路上就没有一位旅伴或是向导？
　　难道就没有来自朋友的武器或是祈祷？

啊！请佑护没带水袋的远行者！
　　他在荒漠中，被海市蜃楼迷惑。

终 极

给她穿上尸衣，埋葬起来，
　　把墓穴挖得深又深！

都走开，不要悼念她！
　　这个民族是个长眠不醒的死人。

也许仇恨、耻辱、战火
　　可以震撼懦夫的心。

这一切我们都有，
　　但却只能摇唇鼓舌。

我的笔

啊！这支笔莫不是天生注定
只写痛苦与悲愁。

啊，我的笔！你饮着忧伤的酒，
让纸张听着声声血泪仇。

你是从哪根枝条剪下来的？
又是哪朵云的雨水将你浸透？

赖希德·赛里姆·胡利
（一八八七年至一九八四年）

又称沙伊尔·盖莱维（意为"乡村诗人"），生于黎巴嫩贝尔巴赖乡。一九〇五年于贝鲁特美国大学预科班毕业，曾在多所学校任教。一九一三年八月去巴西，做过推销员、教员和商店经理。一九三四年起，曾任《联系报》主编达两年。此后开过一个小工厂，三年后倒闭。为"安达卢西亚社"最早成员之一，一九三八年任该社社长。一九五八年回乡定居。胡利的主要作品有诗集《赖希德集》《乡音集》《暴风集》等。其诗的主要倾向是爱国主义、民族主义、反帝、反殖民，要求全阿拉伯民族不分国家、宗教，团结起来共同对敌，争取自由独立，有"阿拉伯统一之圣徒"的称号。同时，胡利的诗歌也充满了人道主义和人情味，常流露出赤子思乡之情。对于大自然的山河之美，他也善于做生动、感人的描绘。

如果你们要想不受欺压……

如果你们要想不受欺压，
　　就用穆罕默德的剑砍，而把耶稣弃置一旁！

"你们要相互友爱！"我们这样劝诫狼，
　　这却不能让羊群免于遭殃。

啊，驯顺的羔羊啊！
　　世上只留下我们还做驯顺的羔羊。

你干吗不降下一部新的《新约》，
　　教导我们不是顺从，而是反抗。

如果能够，请帮助我们不是免受抵御之苦，
　　而是摆脱枷锁，获得解放！

开斋节有感

给我一个节日，让阿拉伯人成为一个大家庭，
　　请你们让我置身于他们公正的宗教中！

这个教，那个派，使我们分裂不能集中，
　　七零八落使我们任人宰割，任人欺凌。

不信教若能使我们统一，我也要向它致敬，
　　在这之后，即使下地狱我也欢迎。

致帝国主义

你们不懂我们的言语，
　　同你们交谈要靠刀剑翻译。

它会让你们明白我们的意思，
　　表达形式是创伤，不是话语。

回黎巴嫩

有幸回国的人啊！
　　你可真是好福气。

祝贺你！纵然你不是富翁，
　　不再客居异乡，这就足矣！

即使你遇不到亲人，
　　还遇不到亲人的土地？！

我回来是为了死在祖国的土地 [1]

阿拉伯姑娘，请为我准备殓衣！

　　我回来是为了死在祖国的土地。

我在海外已为祖国奉献出灵魂，

　　如今岂能还对她吝惜这个身体？

---

[1] 作于一九五八年夏，乘船回国时。

医生难治我的病

医生难治我的病，
　　忆起黎巴嫩却会治愈我的心灵。

我为祖国人民的自由奉献出一切，
　　不管他们对待我是冷淡还是热情。

我用杉树建立起爱的圣殿，
　　岂怕刮起再大的狂风！

你把青春埋葬在这样的国土上

你把青春埋葬在这样的国土上：
　　在那里，你的夜晚短暂而又漫长。

如果说那里的土壤没有石头，
　　那里的人却有铁石一样的心肠。

你那可怜的成果来自颠沛流离，
　　忙碌像蚂蚁，命运似蟑螂。

黑夜里，你要醒来多少次，
　　辗转反侧，不能入梦乡。

耳边总有一个声音在叫：
　　"赖希德，快醒醒！火车笛已响。"

若让我选择，我不会背井离乡

我仍然被忧虑和烦恼所囚禁，
　　而自由人最大的灾难莫过于缧绁在身。

主啊！一旦我能摆脱忧虑，
　　一旦烦恼不再占据我的心，

我就要回到故乡黎巴嫩，
　　如今阻止我回去的是贫困。

若让我选择，我不会背井离乡，
　　但生活中往往是事不由人。

我不愿意在这里久住

巴西呀！哪怕能挥金如土，
　　我也不愿意在你这里久住。

这里哪有春暖花开？
　　又哪里有金乌玉兔？

你虽然是一片富饶的国土，
　　但没有安逸与幸福。

你不露面世界就是一座墓园

仿佛我生来就是为将你探看，
　　你不露面世界就是一座墓园。

我见到你就会看不见别的人，
　　除了你大地就好似荒原一片。

见到你时，我打算吟咏情诗，
　　于是我的心就怦然如打鼓般。

我低下头来默默地不敢开口，
　　像个畏怯于老师目光的少年。

切莫对那些人指斥

啊，朋友！切莫对那些人指斥——
　　他们只顾金钱不理会诗人和诗，

你可曾见过草场上有驴子聪慧，
　　只顾得赏花竟忘记了把野草吃。

法齐·马鲁夫

（一八九九年至一九三〇年）

生于黎巴嫩扎赫勒市的书香门第，父亲是著名的历史学家。诗人在扎赫勒与贝鲁特求学时代，精通阿拉伯语和法语，十四岁开始写诗，一九二一年去巴西圣保罗从事实业。旅居海外期间他学会了葡萄牙语与西班牙语。一九二二年，他创建了“扎赫勒俱乐部”。为人内向、悲观，但乐善好施，品德高尚。其代表作是长诗《在风毯上》，于一九二九年、一九三〇年先后发表于里约热内卢与圣保罗，曾被译成西、葡、英、法、俄、德、罗等十余种文字。此外还写有五幕诗剧《伊本·哈米德和格拉纳达的陷落》，诗集《痛苦的火炬》《灵魂的嗟叹》《来自苍穹》《安达卢西亚之歌》等。其诗多反映他对现实生活和当时社会的悲观、不满，对祖国的怀念和对理想、幸福的追求。笔调清丽细腻，生动感人，富于想象和浪漫主义色彩。

似青春梦幻

在这里你会看到黎明，
　　在山岗上好似青春梦幻：
　　　　　　皮肤鲜嫩、柔软，
　　　　　　眼中是烈火熊熊，
　　　　　　从中吹过的微风，
　　　　　　却清凉好似甘泉。
它为受苦人把泪水拭干，
　　一片血红染在它的指尖。

情人相爱就在默无一言之中

我的两眼向她透露爱情，
　　而我的舌头却羞于启动。

我观察她的两眼，但愿从中
　　看到爱情的火花，使臆测得到证明。

她的眼同我的眼一样发出火焰，
　　那是爱的证明，纵然守口如瓶。

但为什么她不说，我也没说，
　　既然彼此相知，万般钟情。

朋友！这种沉默也是恋爱之礼，
　　情人相爱就在默无一言之中。

舍费格·马鲁夫
（一九〇五年至一九七七年）

诗人法齐·马鲁夫的弟弟，一九二七年赴巴西经营丝绸业，曾参与"安达卢西亚社"及其社刊的创办工作，任过该社社长及资助人。其代表作有长诗《梦》，一九二六年在贝鲁特发表。诗歌表达了年轻诗人痛苦、迷茫、惆怅、悲观的心情，反映了他的涉世不深，显得纯真、偏激，尚不成熟。他的另一首长诗《仙境》一九三六年首次发表于巴西出版的阿拉伯文杂志《东方》上，后出单行本。全诗抨击了人间种种丑恶现象，委婉曲折地反映了诗人对现实生活的不满和对理想世界的向往追求。此外，他还写有诗集《朵朵花香》《桨的呼唤》《檀香炉》《你的眼睛充满欢乐》《禾穗》等。他曾获黎巴嫩作家之友协会颁发的"黎巴嫩在世界"奖。其诗属浪漫主义。

邮递员

邮递员总是奔跑向前，
　　　每家大门都对他敞开不关。

他投递成捆成捆的信件，
　　　从那里洋溢出无声的企盼。

一扇扇窗后有多少望着他的眼，
　　　由于动情和失眠而抖颤。

他的到来摇动起姑娘们的项链，
　　　如同惠风摇曳着葡萄串。

有多少出自情人口中的吻，
　　　通过他的手向姑娘们奉献。

啊，邮递员！你将微笑分送给嘴唇，
　　　不要求感激，不要求称赞。

有多少年迈母亲的脸，
　　　你一出现，皱纹顿时不见。

你将一封信递交给她，
　　　她一把抓住，就贴在胸前。

你手中的每个信封都似被子，
　　　把儿子裹着送还到母亲胸间。

你又将多少好运的信件送给不幸的人，
　　像雪中送炭，像光明驱走黑暗。

啊！每当你将喜讯赐予别人，
　　慷慨会让你忘却自身的贫寒。

你为我们奉献，人们如同过节，
　　我们怎会看到你愁眉苦脸。

但愿人们有一天会知道
　　他们欢乐的日子正是由你凄苦的黑夜所换。

农　夫

他慷慨地为生活付清了债款，
　　自己的债务却无力偿还。

他不屈不挠地用双手
　　开拓大地，勇往直前。

勤奋的汗水流向两眼，
　　使他不由得闭上眼睑。

瞧他那前额，
　　有多少珍珠闪闪。

那是眼睛不肯流泪，
　　额头便泪水涟涟。

伊勒亚斯·法尔哈特
（一八九三年至一九七七年）

生于黎巴嫩卡法尔西玛镇。一九一〇年去巴西，做过学徒，养过家禽、家畜，还当过推销员、报刊收费员、排字工人等。他最初用土语写顺口溜，后经自己的努力，渐成为名诗人。曾获埃及语言学会奖。一九五九年，叙利亚、黎巴嫩曾邀他访问，并给他授勋。其作品有《法尔哈特四行诗集》《法尔哈特诗集》《牧人的梦》《游子归来》《传述人言》《初冬》《昔日的果实》等。《法尔哈特四行诗集》是诗人的成名作，收有一百六十首四行诗，内容涉及宗教、社会、民族、景物和哲理等多方面。诗人用辛辣、犀利的笔锋猛烈地抨击社会各种陈规陋习和腐朽的道德传统，对宗教、政治派别的纷争不息和世间种种腐败、堕落、尔虞我诈、弱肉强食等现象表示极大的憎恶和强烈的不满，表现出诗人对黑暗现实的抗争、反叛精神。

邻　居……

邻居！暴徒侵犯了你，也侵犯了我，
　　我们为什么要走开，而不反抗？

我们怕外人，又相互提防，
　　灾难临头，我们只会哭诉于月亮。

我们的国家本是一体，何必四分五裂？
　　起来！让我们共同洗去我们心中的肮脏。

只要尊重我的权利，你就是我的兄弟，
　　不管你是信上帝，还是信天房[1]。

1　信天房：系指信奉伊斯兰教的穆斯林。天房为麦加禁寺内石殿，又称'克
　　尔白'，是穆斯林心中最神圣之所在。

若非良心

人生愁闷、忧虑接连不断，
　　若非良心，我会过得无挂无牵。

我经手的财产不知该有多少，
　　它们本属一个商人。

我想：可携款逃之夭夭，
　　良心却说："当心，当心！"

于是我还回钱财，两手清廉，
　　若非良心，我早已家财万贯。

半夜，我的屋子来了一位少女，
　　引导她进来的是孩子的纯真。

我想：可以对她随心所欲，
　　良心却说："难道你不是父亲？"

于是对她的美丽我闭眼不看，
　　若非良心，我会窃香猎艳。

我与一些骑士相争于诗坛，
　　我自知并非一名士对手。

我想对他羁绊阻拦，
　　良心却说："你难道不知害羞？"

于是我将出风头的念头改变。

    若非良心，我会任其泛滥。

我愚昧无知地向良心发牢骚，

    像乌鸦一样号哭自己的命运。

上帝让我听到一种声音说道：

    "啊，你这泥土的子孙竟抱怨良心？

"若非你的良心，你将一事无成，不值一钱，

    哪怕你如同星辰，来自苍天。"

整个阿拉伯都在我们心里

虽然我们来自沙姆地区，
　　但整个阿拉伯都在我们心里。

我们热爱伊拉克和两河流域，
　　思念半岛那满是沙石的大地；

一旦你同我们谈起埃及，
　　会以为是甘美的尼罗河水将我们哺育。

我们纵然与同胞相隔千山万水，
　　但仍与他们同甘共苦，和衷共济。

故　土

浪子漂泊在海外，
　　乡情如炽叹无奈。

每逢举首望明月，
　　心如刀绞愁满怀。

不胜恓惶忆往昔，
　　故土乐园今何在？

一绺头发

当那别离的号角将我呼唤，
　　你赠我一绺头发留作纪念。

我一直读着上面爱的字行，
　　并将直读到在世最后一天。

在爱情方面它远比你纯真，
　　它比你要遵守誓约、诺言。

它没把人家的青春引入迷途，
　　也没有随心所欲，导致悔怨。

是你摧毁了爱情的支柱，
　　是你故意地将誓约背叛。

它没把爱情似蜜挂在嘴边，
　　却在心里面把醋罐子打翻。

它同我相互讲忠诚、信义，
　　我们都信守对亲人的诺言。

迈斯欧德·赛马哈

（一八八二年至一九四六年）

阿拉伯旅美派诗人，"笔会"成员。生于黎巴嫩迪尔·盖麦尔。二十世纪初曾三次旅美，一九一五年，定居华盛顿。曾在美国参军，官至上校。后转业经商，继而弃商从文，曾主编《宣言》杂志。遗有《迈斯欧德·赛马哈诗集》（一九三八年）。此外，他还精于用英文写诗。不过其诗歌多为旧体模式，缺乏创新精神。

我会用日月做成你的项链

如果尘世天地都由我掌管，
　　我就会把宇宙放在你面前。

我会用日月做成你的项链，
　　把闪闪群星镶进你的耳环。

我要用雾霭织成你的婚纱，
　　把习习微风引进你的披肩。

要让玫瑰花开在你的周围，
　　让玫瑰花红印在你的脸蛋。

我要把五岁女孩般的微笑
　　永远挂在你的芳唇、嘴边。

把符咒和魅力糅合在一起，
　　然后再把它放进你的双眼。

要用珍珠、钻石为你铺路，
　　把宝石放进你的靴子里面。

我会把我所有的一切一切，
　　心与灵魂全都交在你手间。

侨　民

我曾走过多少荒原，
　　　肩负重任，脊梁欲断。

我曾敲过多少家门，
　　　不顾疲倦、酷暑、严寒。

有多少次我夜投莽林，
　　　不见日月，只见闪电。

有多少次风餐露宿，
　　　石头枕头下，匕首别胸前……

尼阿迈拉·哈志
（一八八九年至一九七八年）

　　旅美派诗人。生于黎巴嫩加尔祖兹镇，去世于纽约。一九〇四年去美国，主要靠自学成才。从事报业，兼做行商。曾参与组建"笔会"。生前出版有诗集《尼阿迈拉·哈志》《出自幻想的窗口》。其诗风介于传统现实主义与创新浪漫主义之间。

海外游子渴望回到母亲的身旁

海外游子渴望回到母亲的身旁，
　　我多么思念远方的亲人和故乡。

我思念那里的土地和乡亲，
　　多么盼望他们繁荣、富强。

充满哀伤的心向那里飞去，
　　惟有泪水潸然流在腮上……

译后记

今年是北京大学建校一百二十周年。从一九五六年十八岁考入北京大学东语系学习阿拉伯语，到如今二〇一八年整整八十岁，我从学习到教授、研究、翻译，算是与阿拉伯语言、文学、文化结下了不解之缘，自然也与北京大学结下了不解之缘。因此，能将自己选译的《黎巴嫩诗选》作为向校庆的献礼，我真由衷地感到高兴与荣幸。

老实说，我喜爱黎巴嫩，喜爱黎巴嫩人，喜爱黎巴嫩文学，当然更喜爱黎巴嫩诗歌。

还记得当年黎巴嫩驻华大使法里德·萨马哈先生。这位大使真是不辱使命，他在任期间——从一九八五年到一九九八年，每年黎巴嫩国庆，他总要选定一个主题，邀请相关的友好人士，借以进行黎中的文化交流。在这种场合，我们常会见到马海德先生的遗孀周苏菲女士与他们的儿子周幼马先生。马海德祖籍黎巴嫩，一九三三年来华，一九三七年到延安，并加入中国共产党，一九四九年入中国国籍，是一位白求恩式的国际共产主义战士，二〇〇九年被评为"新中国成立以来感动中国人物"。一九九三年十一月二十二日值黎巴嫩独立五十周年国庆，法里德·萨马哈大使在北京长城饭店与我们阿拉伯文学研究会一道举办有关黎巴嫩文学的研讨会，会上我们结识了又一位黎巴嫩友好人士——毕尔先生和他台湾籍的妻子王相如女士。毕尔先生是一位著名的实业家、慈善家。他在那次会上得知我们阿拉伯文学研究会的同仁们长期潜心研究黎巴嫩文学，并将诸如纪伯伦、努埃曼、艾敏·雷哈尼等文学巨匠的诗文著作译介到中国，在惊异、赞叹之余，当即表示诚做东道，邀请我们赴黎采风。此后几年，我们不少同行果然沾光，相继访问了黎巴嫩，以进一步密切中黎两国的文化交流。不仅如此，为了表达对中国的深情厚谊，毕尔先生还以实际行动参与中国的"希望工程"，成为资助中国"希望工程"的第一位中东地区的友人。一九九四年七月，毕尔先生利用到香港处理商务之机，特意来到北京的中国青少年基金会，捐资两千美元，用以帮助山西的五十名失学女童。翌年，他拿出五万五千美元给当时的贫困县山东冠县，用以在定寨乡建立"黎巴嫩女子学校"。此后，他又捐款两千美元资助冠县的四十名失学儿童。在捐款时，毕尔先生再三叮嘱："请不要宣扬我的名字，只是请你们记住这是来自黎巴嫩的捐款。"毕尔先生与我同岁，生于一九三八年，病逝于二〇〇一年。我们中华民族是个知道感恩的民族，因此，我想借助此书一点篇幅，纪念我们的国际友人。

正是应邀作为毕尔先生的客人，一九九五年，我第一次到黎巴嫩访问。此后，我又随中国作家代表团、文化代表团多次访问过黎巴嫩。这个国家虽然面积只有一万多平方公里，人口只有几百万，却有许多无与伦比的特色，给人留下深刻难忘的印象。我们可以看到，五千多年的历史在这里积淀，留下很多已成为世界遗产的名胜古迹，但亦不乏现代最新式的高楼大厦。这是个多元化的国家：古今的文化在这里交融，东西方文化在这里交汇，多种民族、多种宗教及其分支的教派也在这里交集。五千年的历史，有交锋，也有融合。从地理上看，她西濒地中海，有长达二百余公里的海岸线。有沿海平原、贝卡谷地，黎巴嫩山纵贯全境，最高峰海拔高达三千多米。我们乘车从海边到山区，一路走去，仿佛经历了春夏秋冬四季，因为在海边可以游泳，到了山区则可以滑雪。沿途不时可以看到潺潺流水的河流、小溪、瀑布、幽深的山谷、沟壑，神奇莫测的山窟、岩洞，还有雪松参天，绿荫匝地，繁花似锦，姹紫嫣红……这样的时空、史地环境，让我心中不禁暗想：怪不得这个国家会出现那么多的思想家、哲学家、作家、诗人……

黎巴嫩的诗坛也是反映这个国家在文化、文学方面具有承前启后、东西交融特色的一个平台。

阿拉伯（当然包括黎巴嫩）现代诗歌大体分两种，与我们当代诗坛的状况颇相似。一种是传统古典格式，以"拜特"（相当于中国古体诗的一个联句）为单位，他们把它比喻成一粒珍珠，一首诗则似一串珍珠，把作诗比喻成穿珍珠。每个拜特（联句）下半片押韵，且一韵到底，呈这种样式：

————————　————————（韵）

————————　————————（韵）

————————　————————（韵）

（韵）

（韵）

一首短诗至少是两个拜特（联句），相当于我们的绝句；长者不限，可达数十乃至数百个拜特（联句），看起来像两根柱子，因此，传统的阿拉伯古体诗也称"柱形体诗"，而与格律宽松的自由体新诗有别。现代的阿拉伯（当然包括黎巴嫩）诗坛，传统的古体诗（柱形体诗）与自由体新诗并存，这一点也与我国的诗坛相似。我在译传统的古体诗（柱形体诗）时，通常是把一个拜特（联句）译成两行，为一个单位，下空一行，即如：

我有时也将短诗中的一个拜特（联句）译成四行，成一小节，如纪伯伦的《人间的爱情》《声誉》等。

阿拉伯传统的古体诗，也并非完全是一韵到底的，古时就有发轫于安达卢西亚的"彩锦体诗"，现代亦有多韵的新格律诗，如同我国古代有词，现代有闻一多主张的新格律诗一样，如小艾赫泰勒的《我怎能忘记！》、纪伯伦的《夜之歌》。有些新格律诗还往往以小节为单位，格式、韵脚也富于变化，如艾布·马迪的《修士》《奥秘》《叙利亚之声》《瞎子》，法齐·马鲁夫的《似青春梦幻》，伊勒亚斯·法尔哈特的《若非良心》等。

译事难，译诗尤难，犹如戴着枷锁跳舞。诗究竟是可译还是不可译，是译界历来有争议的问题。无疑，我认为大部分诗还是可译的，只是觉得不好译，译不好。但对于我来说，这是推托不了的事，只能硬着头皮去译，且要本着自己在翻译时的一贯主张——"既要对得起作者，也要对得起读者",即译出的诗句既要基本忠实原意,中国读者读起来还要像诗,有诗的味道。

诗歌讲究三美:意美、音美、形美,中阿诗歌皆然。现代的自由体新诗似乎不讲究格律,其实也不尽然。好的自由体新诗诗人往往都有深厚的古诗根底,中阿诗界都是这样。自由体新诗也多有一定的音步、节奏,押宽松的韵,读起来朗朗悦耳,新的格律诗当然自有它的一套格律。译出的诗歌既然想要让中国读者读起来也像诗,那就得也按这个标准去努力、去衡量,以供中国读者去鉴赏。

选译诗集的出版,露脸的是译者,其实,它是集体努力的结晶,这有点类似影视、戏剧演出。因此,应当感谢"'一带一路'沿线国家经典诗歌文库"项目的策划者、编审者,感谢承担、组织具体工作的我们北大外国语学院的有关院系领导与同仁、同学。具体到这本《黎巴嫩诗选》的出版,当然还应感谢责编懿翎、徐乐同志与排版、印刷的诸工友。谨祝大家快乐、健康、万事如意!

仲跻昆

二〇一八年二月二十三日于北京马甸寓

总　跋

経过两年多时间的筹备与组织，"'一带一路'沿线国家经典诗歌文库"终于将陆续付梓出版，此刻的心情复杂而忐忑，既有对即将拨云见日的满满期待，更有即将面见读者的惴惴不安。

该项目于二〇一五年下半年开始酝酿，其中亦有不少波折和犹疑。接触这个项目的所有人都无一例外地认为，这是应该做而且只有北大才能做的事情，也无一例外地深知它的难度。

"一带一路"跨度大、范围广，多语言、多民族、多宗教、多文明交融，具有鲜明的文化多样性特征。整个沿线共有六十余个国家，计有七十八种官方或通用语言，合并相同语言后仍有五十三种语言，分属九大语系。古丝绸之路尽管开始于政治军事，繁荣于商旅交通，但其更重要的意义在于促进了人类文明的交往。它连接了中国、印度、波斯和罗马等文明古国，跨越埃及文明、巴比伦文明、印度文明、中华文明的发祥地，是东西方文明交流互鉴的重要通道。

如何更好地展现"一带一路"沿线人民的文化特质和精神财富，诗歌无疑是最好的窗口。诗歌是文学王冠上的明珠，精敛文学之魂魄，而经典诗歌则凝聚着各个国家民族的文化精神和文化理想，深刻反映沿线国家独有的价值观和对世界的认识。长期以来，中国学界和出版界一直比较重视欧美发达国家诗歌的译介与研究，对发展中国家尤其是一些弱小国家的诗歌研究存在着严重忽略的现象。我们希望通过对"一带一路"沿线国家经典诗歌的研究，深刻地了解一个国家，理解它的人民，与之建立互信，促进国内学界对"一带一路"沿线国家文学、文化和文明的了解，弥补我国诗歌文化中的短板，并为中国诗歌走向世界提供思路和借鉴，从而带动与"一带一路"沿线国家的深层次交流，为中国的对外交往和"一带一路"倡议的实施提供人文支撑。

北京大学外国语学院组织国内外相关领域的专家学者，于二〇一六年一月，正式启动"'一带一路'"沿线国家经典诗歌文库"项目。该项目以北京大学人文学科的优良传统和北大外语学科的深厚积淀为基础，以研究和阐释"一带一路"沿线国家厚重的历史、文化内涵为己任，充分发挥本学科在文学、文化研究领域的传统优势和引领作用，积极配合和支持国家的"一带一路"倡议，为中外优秀文化的研究、互鉴和传播做出本学科应有的贡献。

北京大学外国语学院牵头组织的"'一带一路'沿线国家经典诗歌文库"项目，旨在翻译、收集、整理和编辑"一带一路"沿线六十余个国家的诗歌经典作品，所选诗歌范围既包括经典的作家作品，也包括由作家整理的、具有广泛影响力的史诗、民间诗歌等；既包括用对象国官方语言创作的诗歌，也包括用各种民族语言创作、广泛传播的诗歌作品。每部诗集包括诗歌发展概况、诗歌译作、作者简介等三个部分。

在此基础上，形成由五十本编译诗集构成的"'一带一路'沿线国家经典诗歌文库"第一批成果，这将弥补中国外国文学界在外国诗歌翻译与研究方面的不足，特别是对部分"一带一路"沿线国家的经典诗歌开展填补空白式的翻译与原创性研究工作具有重大意义，同时对沿线诸多历史较短的新建国家的文学史书写将具有十分重要的价值。

该项目自启动以来，先后成立了编委会和秘书组，确定项目实施方案、编译专家遴选以及编选的诗歌经典目录，并被确定为北京大学一百二十周年校庆的重要出版项目之一，得到学校、校友及社会各界的大力支持，建立起以北京大学外国语学院为核心，汇集国内外相关领域知名专家学者、翻译家的翻译、编辑团队，形成了一个具有高度共识和研究能力的学术共同体。

在这个共同体中的每个人都是幸福的，与诗为伴，以理想会友，没有功利，只有情怀。没有人问过我们为什么要做，每个人只关心怎样可以做得更好。无论是一无所有之时还是期待拿到国家出版基金支持之日，我们的翻译团队从没有过犹豫和迟疑，仿佛有没有经费支持只是我一个人需要关心的事情，而他们是信任我的。面对他们，我没有退路，唯有比他们更加勇往直前。好在我一直是被上苍眷顾和佑护的人，只要不为一己之利，就总能无往不胜。序言中，赵振江教授说了很多感谢的话，都代表我的心声，在此不再重复。我想说的是，感谢你们所有人，让我此生此世遇见你们。如果可以，我还想在此感谢我的挚爱亲人，从没有机会把"谢谢"说出口，却是你们成就了今天的我。

希望通过我们台前幕后每一个人的努力，把"'一带一路'沿线国家经典诗歌文库"项目打造成沿线国家共同参与的地域性的文化精品工程，使"文库"成为让古老文明在当代世界文化中重新焕发光彩、发挥积极作用的纽带和桥梁。

人也许渺小，但诗与精神永恒。

宁　琦

写于二〇一八年"文库"付梓前夜，北京

图书在版编目（CIP）数据

黎巴嫩诗选 / 赵振江主编；仲跻昆编译 . —北京：作家出版社，2019.8（2019.9 重印）

（"一带一路"沿线国家经典诗歌文库 . 第一辑）

ISBN 978-7-5212-0476-6

Ⅰ.①黎… Ⅱ.①赵… ②仲… Ⅲ.①诗集—黎巴嫩 Ⅳ.① I378.2

中国版本图书馆 CIP 数据核字（2019）第 067413 号

黎巴嫩诗选

主　　编：赵振江

副 主 编：蒋朗朗　宁　琦　张　陵

编 译 者：仲跻昆

选题策划：丹曾文化

责任编辑：懿　翎　徐　乐

装帧设计：曹全弘

出版发行：作家出版社有限公司

社　　址：北京农展馆南里 10 号　　　邮　　编：100125

电话传真：86-10-65067186（发行中心及邮购部）

　　　　　86-10-65004079（总编室）

E-mail:zuojia @ zuojia.net.cn

http://www.zuojiachubanshe.com

印　　刷：北京通州皇家印刷厂

成品尺寸：160×240

字　　数：216 千

印　　张：10.5

版　　次：2019 年 8 月第 1 版

印　　次：2019 年 9 月第 2 次印刷

ISBN 978-7-5212-0476-6

定　　价：39.00 元